国酒文萃

Guo Jiu Wen Cui

主编/蒋子龙

2017 春

光明日报出版社

图书在版编目（CIP）数据

国酒文萃 . 2017 年 . 春 / 蒋子龙主编 . -- 北京 :
光明日报出版社 , 2017.3
ISBN 978-7-5194-0384-3
Ⅰ . ①国… Ⅱ . ①蒋… Ⅲ . ①散文集－中国－当代
Ⅳ . ① I267

中国版本图书馆 CIP 数据核字 (2017) 第 058030 号

国酒文萃（2017 年春）

主　　编：蒋子龙　　**策　　划：**谢　香

编　　辑：光明日报出版社《国酒文萃》编辑中心　　电话：010−67023927

责任编辑：李　倩　　**责任校对：**傅泉泽
装帧设计：代忠海　　**责任印刷：**曹　诤

出版发行：光明日报出版社
地　　址：北京市东城区珠市口东大街 5 号，100062
电　　话：010−67023927（咨询），67078870（发行），67019571（邮购）
传　　真：010−67078227，67078255
网　　址：http://book.gmw.cn
E − mail：gmcbs@gmw.cn
法律顾问：北京德恒律师事务所龚柳方律师

印　　刷：重庆市正光印务有限公司
装　　订：重庆市正光印务有限公司
本书如有破损、缺页、装订错误，请与本社联系调换

开　　本：787×1092　1/16
字　　数：160 千字　　**印　　张：**10.25
版　　次：2017 年 4 月第 1 版　　**印　　次：**2017 年 4 月第 1 次印刷
印　　数：10000 册
书　　号：ISBN 978-7-5194-0384-3

定　　价：39.00 元

编前语

因文结缘的故事很多。编者与作者之间的友谊似乎不同于一般人的交往，有一种清净的、纯洁的美好情愫在其中。特别是在与名作家相谈时，感觉真的是“人如其文”，诚朴，谦虚，敦厚，热忱，纯真，很有亲和力。相谈愉快、融洽，甚至有时片刻缄默也充满了无言之美。

犹如收纳盒一般，那些我印象深刻的约稿故事全在里面。有黑白照片类的回忆，有泛黄信笺般的韵味，有阳光明媚般的深情，更有直抵人心的佳话。

自著名军旅作家邢军纪夫妇带我去著名作家王愿坚家与其夫人翁亚尼阿姨相识后，阿姨便和我有了心灵的沟通。2017 年 3 月 9 日下午 3 点 15 分，亚尼阿姨来电，告诉我因她的二女儿病重，说之前我约她给《国酒文萃》写的稿件可能要晚几天交稿了。

二姐去世一周后，亚尼阿姨打电话说完成了我布置给她的“作业”。我去家里取稿时，阿姨谦虚地说：也不知道行不行，我可以再改。她特意找人打印出来的，上面已经有她修改的印记。那天，我幸运地收到阿姨特意送我的一本《王愿坚小说选》。说话间，她从写字台的抽屉里取出几枚印章，有愿坚老师的两枚，阿姨的一枚，都盖在了她签名的地方。之后，她小心地在盖章处各放了小纸片隔开，合上书后，又找出一透明的塑料袋，郑重地包好交给我。就连那稿件，她都仔细地折好，我感觉到了她对我的信任。

每次去，我们都要有一个合影，而合影的地方总是在摆放王愿坚老人照片的书柜前。这是阿姨的提议和心愿。我为此特别感动。用她的话说，党的宣传员的身份，王愿坚认领了一辈子。他从不直接表达自己的思想，而是用故事传递信息。即使在最难熬的岁月里，王愿坚仍保有讲故事的热情。

王愿坚的家族出了很多作家，除他之外，还有王统照，王希坚，臧克家，王力等。阿姨清晰地记得，王愿坚创作《党费》时，她正在人民大学俄文系进修。一个周末，回到家中的她看到了小说原稿，夫妻二人或许都没有想到，这篇小说处女作会成为时代经典。

同样地，来自著名诗人艾青的夫人高瑛阿姨的支持也让我动容。为《绝响》栏目组稿时，约艾青老人生前完成的最后一篇文章，同时约高瑛阿姨写一篇评点。阿姨十分低调，她再三说不知道该写些什么，说都在心里，说都在已经出版的书里了。但是，为了配合我，她委托家人、友人一起，认真地确认艾青“最后的作品”。并且，授权给我，让我从她的作品中选出一篇作为评点。她说她相信我。

也同样地，我每次到高瑛阿姨家，都会和阿姨在院子里那棵玉兰树下合影。阿姨说，艾青走了，就留下这棵玉兰树陪伴着她了。她同艾青走过了41年春秋，经历风雨，但相互支撑，靠的是一份真情和坚贞的爱心。没有后悔，没有怨言，甚至都没有遗憾。在阿姨眼中，艾青是一位正直的诗人。为人真诚，“他比我还要真实。艾青的一生，人民给他画上了闪光的句号。”

冷暖人情味，心之栖息地。两位八十多岁的老人，都经历过人生的蹉跎岁月，在心里留下了无法抹去的痕迹和历久弥新的年华。她们本人也都是作家，她们那明亮的眼神告诉我：常温常新的好文章应该宜读者。因为阅读和写作都是一种思考。作者在传递一种动人心脾的情愫、催人进取的力量、令人回味的思考，而读者在阅读时感受到文字承载着的智慧，记住作者的思想，从而获得丰富学养。

艾青老人的作品《大堰河 我的保姆》《向太阳》《火把》，王愿坚老师的作品《党费》《七根火柴》《足迹》，都曾影响过几代人，他们一边把家国情怀、乡土情怀以及理想信念、个体价值结合在一起，写出人对苦难的承受能力，对世界乐观的态度，一边为更多人的希望播种，引发读者内心情感上的共鸣，并获得精神的升华。他们给读者提供了思考生活、认知世界的精神容量。

组稿过程中，与许多作家老师有很多共同的美好记忆，在此虽不一一细述，但在那些足以使温暖、信任、赞许繁衍，使感动升值的信件中，蕴藏着一群文学追梦者的关注和祝福。

愿，更多的人欣赏到《国酒文萃》独特的风景……

华　静

目录

Contents

经典

郭沫若：卖书 /002

聂震宁短评：无尽的眷念 /005

叶圣陶：藕与莼菜 /007

牵牛花 /009

贺绍俊短评：清新之美 /011

王统照：卢沟晓月 /013

彭程短评：悲怆与期望 /017

梁实秋：胡适先生二三事 /019

杨晓升短评：简洁传神、情致盎然的散文范本 /023

老　舍：微神 /025
李林荣短评：为人生路上的初心造梦 /032
钱钟书：窗 /035
刘长琨短评：评钱钟书的窗 /039

记忆

余秋雨：沙原隐泉 /042
苏　童：60 年代是一张什么样的标签 /047
赵德发：白纸黑字 /050
杨晓升：遥远的春节 /055
陶泰忠：我在天空飞过 /060

情缘

周　涛：一匹难忘的猪 /068
高洪波：找命 /072
贺捷生：鸿蒙初开的日子 /075
张　炜：人生绵长 /081
冯骥才：白发 /084
薛　佳：一瓶酒 /087

履痕

余光中：失帽记 /098
蒋子龙：欣然，信然！ /101
王巨才：雾漫东江 /104
阿　成：我和呼玛的冬天有个约会 /108
邓　刚：老街 /115
邢军纪：每个人的远方 /118
王　童：船上的泸沽湖 /125

绝响

陈忠实：难忘一渠清流 /130
王宝生短评：秦川碧水永流情 /135
林斤澜：忏悔 /137
朱小平短评：文章寸心相与析 /140
史铁生：昼信基督夜信佛 /142
甘铁生短评：几度扶轮　问道玄黄 /150
汪国真：武清漫步 /153
宁新路短评：一幅简约的精美诗画 /156

经典

JING DIAN

郭沫若：卖书
叶圣陶：藕与莼菜
　　　　牵牛花
王统照：卢沟晓月
梁实秋：胡适先生二三事
老　舍：微神
钱钟书：窗

（文字统筹 / 王世尧）

郭沫若

（1892——1978）

现代文学家、历史学家、新诗奠基人之一，中国科学院首任院长。1949年，郭沫若当选为中华全国文学艺术界联合会主席。曾任中国科学院哲学社会科学部主任、历史研究所第一所所长、中国人民保卫世界和平委员会主席、中日友好协会名誉会长、中国文联主席等要职，当选中国共产党第九、十、十一届中央委员，第二、第三、第五届全国政协副主席。

卖书

我平生苦受了文学的纠缠，我弃它也不知道弃过多少次数了。我小的时候便喜欢读《楚辞》《庄子》《史记》、唐诗，但在民国二年出省的时候，我便全盘把它们丢了。民国三年的正月我初到日本的时候，只带着一部《文选》，这是二年的年底在北京琉璃厂的旧书店买的了。走的时候本也想丢掉它，是我大哥劝我，终究没有把它丢掉。但我在日本的起初的一两年，它在我的笥里还没有取出过的呢。

在日本住久了，文学的趣味不知不觉之间又抬起头来，我在高等学校快要毕业的时候，又收集了不少的中外的文学书籍了。

那是民国七年的初夏，我从冈山的第六高等学校毕了业，以后是要进医科大学的了。我决心要专精于医学的研究，文学的书籍又不能不和它们断缘了。

我起了决心，又先后把我贫弱的藏书送给了友人们，明天便是我永远离开冈山的时候了。剩着《庾子山全集》和《陶渊明全集》两书还在我的手里。这两部书我实在是不忍丢去，但我又不能不把它丢去。这两部书和科学的精神尤为不相投合的呢。那时候我因为手里没有多少钱，便想把这两部书拿去拍卖。我想日本人是比较尊重汉籍的，这两部书也比较珍奇，在书店里或者可以多卖些价钱。

那是晚上，天在落雨。我打起一把雨伞向冈山市上走去。走到了一家书店，我进去问了一声。我说："我有几本中国书……"

话还没有说完，坐店的一位年青的日本人怀着两只手粗暴地反问着我："你有几本中国书？怎么样？"

我说："想让给你。"

"哼，"他从鼻孔里哼了一声，又把下颚向店外指了一下，"你去看看招牌罢，我不是买旧书的人！"说着把头一掉便顾自去做他的事情去了。

我碰了这一个大钉，失悔得什么似的，心里又是恼恨，这位书贾太不把人当人了，我就偶尔把招牌认错，也犯不着以这样傲慢的态度待我！我抱着书仍旧回我的寓所去。路从冈山图书馆经过的时候，我突然对于它生出无限的惜别意来。这儿是使我认识了Spinoza，Tagore，Kabir，Goethe，Heine，Nietzsche诸人的地方。我的青年时代的一部分是埋葬在这儿的了。我便想把我肘下挟着的两部书寄付在这儿。我一起了决心，便把书抱进馆去。那时因为下雨，馆里看书的没有一个人。我向着一位馆员交涉，说我愿寄付两部书。馆员说馆长回去了，叫我明天再来。我觉得这是再好没有的，便把书交给了馆员，诿说明天再来，便各自走了。

啊，我平生没有遇着过这样快心的事情。我把书寄付了之后，觉得心里非常的恬静，非常的轻灵，雨伞上滴落着的雨点声都带着音乐的谐调，赤足上蹴触着的行潦也觉得爽腻。啊，那爽腻的感觉！我想就是耶稣的脚上受着Magdalen用香油涂抹时的感觉，也不过是这样罢——这样的感觉，我到现在也还能记忆，但是已经隔了六年了。

自从把书寄付后的第二天我便离去了冈山。我在那天不消说是没有往图书馆里去过。六年以来，我坐火车虽然前前后后地经过了冈山五六次，但都没有机会下车。在冈山的三年间的生活的回忆是时常在我脑中苏活着的；但我恐怕永没有重到那儿的希望了罢。

啊，那儿有我和芳坞同过学的学校，那儿有我和晓芙同栖的小屋，那儿有我时常去登临的操山，那儿有我时常弄过舟的旭川，那儿有我每朝清晨上学每晚放学回家必然通过的清丽的后乐园，那儿有过一位最后送我上车的处女，这些都是使我永远不能忘怀的地方。但我现在最初想到的是我那庾子山和陶渊明集的两部书呀！我那两部书不知道果安然寄放在图书馆里没有？无名氏的寄付，未经馆长的过目，不知道究竟遭了登录没有？看那些的书籍的人，我怕近代的日本人中终竟少有罢？即使遭了登录，我想来定被置诸高阁，或者是被蠹蛀食了？啊，但是哟，我的庾子山！我的陶渊明！我的旧友们哟！你们莫要怨我抛撇！你们也莫要怨知音的寥落罢！我虽然把你们抛撇了，但我到了现在也还在镂心刻骨地思念你们。你们即使不遇知音，但假如在图书馆中健存，也比落在贪婪的书贾手中经过一道铜臭的烙印的，总还要幸福些罢？

啊，我的庾子山！我的陶渊明！旧友们哟！现在已是夜深，也是正在下雨的时候，我寄居在这儿的山中，也和你们冷藏在图书馆里一样的呢。但我想起六年前和你们别离的那个幸福的晚上，我觉得我也算不曾虚度此生了，我现在还要希望什么呢？也还要希望什么呢？

啊，我现在的身体比从前更加不好了，新添了三个儿子已渐渐长大了起来，生活的严威紧逼着我，我不知道能够看着他们长到几时？但我要把他们养大，送到社会上去做个好人，也是我生了他们的一番责任呢。我在今世假设没有重到冈山来看望你们的时候，我死后的遗言，定要叫我的儿子们来看望。你们的生命是比我长久的，我的骨化成灰，肉化成泥时，我的神魂是藉着你们永在。

无尽的眷念

聂震宁

郭沫若的《卖书》哪里是在说卖书的事情，分明是在倾诉他对书的一腔眷念之情。作品一开头就沉吟“平生苦受了文学的纠缠，我弃它也不知道弃过多少次数了”。他从自己小时候喜欢读《楚辞》《庄子》《史记》、唐诗说起，说到出省时把这些书都丢了，后来只带着一部《文选》去日本，可是到日本的起初一两年，这书还在他的行囊里还没有取出过。这是一个微妙的细节，透露出作者并非是舍不得书，说到底是纠缠于文学。作者在日本住久了，“文学的趣味不知不觉之间又抬起头来”，又收集了不少中外文学书籍，因为要离开冈山学医不能不和文学书断缘，离开冈山前，在把其他文学书送出去后，要把最不忍丢去的《庾子山全集》和《陶渊明全集》两部书送出去，自然又是一番情感的纠缠。

作者先是打算把书卖掉，受到书贾的轻慢之后，改变主意送图书馆寄放。这里有情节，有细节，有情绪，还有情景交融——“那是晚上，天在落雨。

我打起一把雨伞向冈山市上走去。” 在书店受挫后，作者去到图书馆，“把书抱进馆去。那时因为下雨，馆里看书的没有一个人”，好一幅寂寥清雅的环境！及至把书寄付之后，“觉得心里非常的恬静，非常的轻灵，雨伞上滴落着的雨点声都带着音乐的谐调……”这一番描写，让我们读了有身临其境、相伴同行的真切感。

故事说到这里，一个小小有趣的人生经历也能给人以愉悦，文章自然可以就此轻轻地收尾。然而，倘若文章就此结束，隽永是隽永了，可也不免少了一点张力和境界。果然，作者的内心并没有就此平静。他几乎用了余下的三分之一篇幅，激越地抒发他对这两部书的眷念。随着与两部书分离得愈久，对它们愈发眷念，强烈的眷念！而且发出回旋曲一般的咏叹：“啊，但是哟，我的庚子山！我的陶渊明！我的旧友们哟！”以至于最后竟然想到假设在今世没有重到冈山来看望这两部书的时候，那么他将留下遗言定要叫自己的儿子们来看望。最后，作者发出了一声呐喊：“我的神魂是藉着你们永在。”

读到最后，我们发现，作者的《卖书》早已不是在说卖书的事情，而是在倾诉他对文学的眷念；何止是在倾诉他对文学的眷念，更是在倾诉他对祖国文学的眷念；何止是在倾诉他对祖国文学的眷念，分明是在倾诉他对祖国的眷念。“我的神魂是藉着你们永在。”这是多么强烈的心声。如果我们知道作者正是那个时期写下了一批爱国主义不朽诗篇《女神之再生》《凤凰涅槃》和《炉中煤——眷念祖国的情绪》等，就不难理解当时他内心的孤独和眷念——一位海外游子的孤独和对祖国无尽的眷念。

聂震宁，作家、出版家，有近作随笔集《舍不得读完的书》等。

叶圣陶

（1894——1988）

原名叶绍钧，现代作家、教育家、文学出版家和社会活动家。1949年后，先后出任教育部副部长、人民教育出版社社长和总编、中国作家协会顾问、中央文史研究馆馆长、全国政协副主席，第一、二、三、四、五届，民进中央主席。

藕与莼菜

同朋友喝酒，嚼着薄片的雪藕，忽然怀念起故乡来了。若在故乡，每当新秋的早晨，门前经过许多乡人：男的紫赤的胳膊和小腿肌肉突起，躯干高大且挺直，使人起康健的感觉；女的往往裹着白地青花的头巾，虽然赤脚，却穿短短的夏布裙，躯干固然不及男的那样高，但是别有一种康健的美的风致；他们各挑着一副担子，盛着鲜嫩的玉色的长节的藕。在产藕的池塘里，在城外曲曲弯弯的小河边，他们把这些藕一再洗濯，所以这样洁白。仿佛他们以为这是供人品味的珍品，这是清晨的画境里的重要题材，倘若涂满污泥，就把人家欣赏的浑凝之感打破了；这是一件罪过的事，他们不愿意担在身上，故而先把它们洗濯得这样洁白，才挑进城里来。他们要稍稍休息的时候，就把竹扁担横在地上，自己坐在上面，随便拣择担里过嫩的“藕枪”或是较老的“藕朴”，大口地嚼着解渴。过路的人就站住了，红衣衫的小姑娘拣一节，白头发的老公公买两枝。清淡的甘美的滋味于是普遍于家家户户了。这样情形差不多是平常的日课，直到叶落秋深的时候。

在这里，藕这东西几乎是珍品了。大概也是从我们故乡运来的。但是数量不多，自有那些伺候豪华公子硕腹巨贾的帮闲茶房们把大部分抢去了；其余的就要供在较大的水果铺里，位置在金山苹果吕宋香芒之间，专待善价而沽。至于挑着担子在街上叫卖的，也并不是没有，但不是瘦得像乞丐的臂和腿，就是涩得像未熟的柿子，实在无从欣羡。因此，除了仅有的一回，我们今年竟不曾吃过藕。

这仅有的一回不是买来吃的，是邻舍送给我们吃的。他们也不是自己买的，是从故乡来的亲戚带来的。这藕离开它的家乡大约有好些时候了，所以不复呈玉样的颜色，却满被着许多锈斑。削去皮的时候，刀锋过处，很不爽利。切成片送进嘴里嚼着，有些儿甘味，但是没有那种鲜嫩的感觉，而且似乎含了满口的渣，第二片就不想吃了。只有孩子很高兴，他把这许多片嚼完，居然有半点钟工夫不再作别的要求。

想起了藕就联想到莼菜。在故乡的春天，几乎天天吃莼菜。莼菜本身没有味道，味道全在于好的汤。但是嫩绿的颜色与丰富的诗意，无味之味真足令人心醉。在每条街旁的小河里，石埠头总歇着一两条没篷的船，满舱盛着莼菜，是从太湖里捞来的。取得这样方便，当然能日餐一碗了。

而在这里上海又不然，非上馆子就难以吃到这东西。我们当然不上馆子，偶然有一两回去叨扰朋友的酒席，恰又不是莼菜上市的时候，所以今年竟不曾吃过。直到最近，伯祥的杭州亲戚来了，送他瓶装的西湖莼菜，他送给我一瓶，我才算也尝了新了。

向来不恋故乡的我，想到这里，觉得故乡可爱极了。我自己也不明白，为什么会起这么深浓的情绪？再一思索，实在很浅显：因为在故乡有所恋，而所恋又只在故乡有，就萦系着不能割舍了。譬如亲密的家人在那里，知心的朋友在那里，怎得不恋恋？怎得不怀念？但是仅仅为了爱故乡么？不是的，不过在故乡的几个人把我们牵系着罢了。若无所牵系，更何所恋念？像我现在，偶然被藕与莼菜所牵系，所以就怀念起故乡来了。

所恋在哪里，哪里就是我们的故乡了。

牵牛花

手种牵牛花，接连有三四年了。水门汀地没法下种，种在十来个瓦盆里。泥是今年又明年反复用着的，无从取得新的泥来加入，曾与铁路轨道旁种地的那个北方人商量，愿出钱向他买一点儿，他不肯。

从城隍庙的花店里买了一包过磷酸骨粉，掺和在每一盆泥里，这算代替了新泥。瓦盆排列在墙脚，从墙头垂下十条麻线，每两条距离七八寸，让牵牛的藤蔓缠绕上去。

这是今年的新计划，往年是把瓦盆摆在三尺光景高的木架子上的。这样，藤蔓很容易爬到了墙头；随后长出来的互相纠缠着，因自身的重量倒垂下来，但末梢的嫩条便又蛇头一般仰起，向上伸，与别组的嫩条纠缠，待不胜重量时重演那老把戏；因此墙头往往堆积着繁密的叶和花，与墙腰的部分不相称。今年从墙脚爬起，沿墙多了三尺光景的路程，或者会好一点儿；而且，这就将有一垛完全是叶和花的墙。藤蔓从两瓣子叶中间引伸出来以后，不到一个月工夫，爬得最快的几株将要齐墙头了，每一个叶柄处生一个花蕾，像谷粒那么大，便转黄萎去。据几年来的经验，知道起头的一批花蕾是开不出来的；到后来发育更见旺盛，新的叶蔓比近根部的肥大，那时的花蕾才开得成。

今年的叶格外绿，绿得鲜明；又格外厚，仿佛丝绒剪成的。这自然是过磷酸骨粉的功效。他日花开，可以推知将比往年的盛大。但兴趣并不专在看花，种了这小东西，庭中就成为系人心情的所在，早上才起，工毕回来，不觉总要在那里小立一会儿。那藤蔓缠着麻线卷上去，嫩绿的头看似静止的，并不动弹；实际却无时不回旋向上，在先朝这边，停一歇再看，它便朝那边了。前一晚只是绿豆般大一粒嫩头，早起看时，便已透出二三寸长的新条，缀一两张长满细白绒毛的小叶子，叶柄处是仅能辨认形状的小花蕾，而末梢又有了绿豆般大一粒嫩头。有时认着墙上斑驳痕想，明天未必便爬到那里吧；但出乎意外，明晨竟爬到了斑驳痕之上；好努力的一夜功夫！“生之力”不可得见；在这样小立静观的当儿，却默契了“生之力”了。

渐渐地，浑忘意想，复何言说，只呆对着这一墙绿叶。即使没有花，兴趣未尝短少；何况他日花开，将比往年盛大呢。

清新之美

贺绍俊

在中国现代文学史上，叶圣陶的成就是多方面的，他特别是在提炼白话文的文学品性上功不可没。叶圣陶的散文创作量虽然不多，但突出体现了他在语言上的追求。他的散文多半写得都很短小，他把写短小散文比为画家为练基本功而进行的素描训练，要寻求最优美的文字准确精练地表达自己对生活的观察和思考。由此，叶圣陶也形成了自己独特的散文风格。他的散文像盛开在乡间池塘的荷花，自然，脱俗，洁净，有着清新之美。《藕与莼菜》《牵牛花》便是其代表作。

《藕与莼菜》带着浓浓的乡情。城市的饮食里，最牵动叶圣陶情感的便是那些能够勾起乡恋的食物，叶圣陶开门见山地说："嚼着薄片的雪藕时，忽然怀念起故乡来了。"而把藕与莼菜放在一起来写，纯粹仅仅是"想起了藕就想起了莼菜"，它们都是家乡最常见的食物。《牵牛花》则看出叶圣陶观察生活的认真和细致。他在被水泥地包围下的城市环境里创造栽植牵牛花的条件，这样的栽植更显珍贵，也因此才会关注牵牛花生长的点点滴滴变化。两篇散文都是以咏物为由头的，作者的情怀寄寓在所咏之物的品性上，如从藕联想到家乡人的健康之美：“男的紫赤的胳膊和小腿肌肉突起，躯干高大且挺直，使人起康健的感觉；女的往往裹着白地青花的头巾，虽然赤脚，却穿短短的夏布裙，躯干固然不及男的那样高，但是别有一种康健的美的风致”。又如在《牵牛花》里他写道：“早上才起，工毕回来，不觉总要在那里小立一会儿。那藤蔓缠着麻线卷上去，嫩绿的头看似静止的，并不动弹；实际却无时不回旋向上，在先朝这边，停一歇再看，它便朝那边了。”在字里行间，分明让我们感觉到这位对自然和生命充满着热爱的作者是如何饶有兴趣地立在牵牛花的旁边看得如醉如痴的，因此他从牵牛花的细微变化中领悟到一种“生之力”了。

贺绍俊，沈阳师范大学特聘教授，中国当代文学研究会副会长。曾任文艺报社常务副总编辑，《小说选刊》主编。专业为中国现当代文学，主要从事当代小说研究和批评，以及中国现当代文学史研究。主要著作有《文学的尊严》《建设性姿态下的精神重建》《重构宏大叙述》《文学批评学》《中国当代文学图志》《铁凝评传》等。曾获鲁迅文学奖等奖项。

王统照

(1897——1957)

字剑三，笔名息庐、容庐。现代作家。山东诸城人。1924年毕业于中国大学英文系。1918年办《曙光》。1921年与郑振铎、沈雁冰等发起成立文学研究会。曾任中国大学教授兼出版部主任，《文学》月刊主编，开明书店编辑，暨南大学、山东大学教授。新中国成立后，历任山东省文联主席，山东大学中文系主任，山东省文化局局长。著有多部长篇小说。

卢沟晓月

“苍凉自是长安日，呜咽原非陇头水。”这是清代诗人咏卢沟桥的佳句，也许，长安日与陇头水六字有过分的古典气息，读去有点碍口？但，如果你们明了这六个字的来源，用联想与想象的力量凑合起，提示起这地方的环境、风物，以及历代的变化，你自然感到像这样“古典”的应用确能增加卢沟桥的伟大与美丽。

打开一本详明的地图，从现在的河北省、清代的京兆区域里你可找得那条历史上著名的桑干河。在往古的战史上，在多少吊古伤今的诗人的笔下，桑干河三字并不生疏。但，说到治水，隰水、漯水这三个专名似乎就不是一般人所知了。还有，凡到过北平的人，谁不记得北平城外的永定河？——即不记得永定河，而外城的正南门，永定门，大概可说是“无人不晓”罢。我虽不来与大家谈考证、讲水经，因为要叙叙卢沟桥，却不能不谈到桥下的水流。

治水、隰水、漯水以及俗名的永定河，其实都是那一道河流——桑干。

还有，河名不甚生疏，而在普通地理书上不大注意的是另外一道大流——浑河。浑河源出浑源，距离著名的恒山不远，水色浑浊，所以又有小黄河之称。在山西境内已经混入桑干河，经怀仁、大同，委弯曲折，至河北的怀来县。向东南流入长城，在昌平县境的大山中如黄龙似的转入宛平县城，二百多里，才到这条巨大雄壮的古桥下。

原非陇头水，是不错的，这桥下的汤汤流水，原是桑干与浑河的合流；也就是所谓的治水、隰水、漯水、永定河与浑河、小黄河、黑水河（浑河的俗名）的合流。

桥工的建造既不在北宋时代，也不开始于蒙古人的占据北平。金人与南宋南北相争时，于大定二十九年六月方将这河上的木桥换了，用石料造成，这是见之于金代的诏书，据说：“明昌二年三月桥成，敕命名广利，并建东西廊以便旅客。”

马可·波罗来游中国，官服于元代初年时，他已看见这雄伟的工程，曾在他的游记里赞美过。

经过元明两代都有重修，但以正统九年的加工比较伟大，桥上的石栏、石狮，大约都是这一次重修的成绩。清代对此桥的大工艺也有数次。乾隆十七年与五十年两次的动工确为此桥增色不少。

“东西长六十六丈，南北宽二丈四尺，两栏宽二尺四寸，石栏一百四十，桥孔十有一，第六孔适当河之中流。”

按清乾隆五十年重修的统计，对此桥的长短大小有此说明，使人（没有到过的）可以想象它的雄壮。

从前以北平左近的县分属顺天府，也就是所谓京兆区。经过名人题咏的，京兆区内有八种胜景，例如西山霁雪、居庸叠翠、玉泉垂虹等，都是很美的山川风物，卢沟桥不过是一道大桥，却居然也与西山居庸关一样列入八景之一，便是极富诗意的“卢沟晓月”。

本来，“杨柳岸晓风残月”是最易引动从前旅人的感喟与欣赏的凌晨早发的光景；何况在远来的巨流上有一道雄伟的壮丽的石桥；又是出入京都的孔道，多少官吏、士人、商贾、农工，为了事业，为了生活，为了游览，他们不能不到这名利所萃的京城，也不能不在夕阳返照，或天方未明时打从这古代的桥上经过。你想，在交通工具还没有如今迅速便利的时候，车马、担簦，来往奔驰，再加上每个行人谁没有忧、喜、欣、戚的真感横在心头，谁不为“生之活动”在精神上负一份重担？盛景当前，把一片壮美的感觉移入渗化于自己的忧喜欣戚之中，无论他是有怎样的观照，由于时间与空间的变化错综，而对着这个具有崇高美的压迫力的建筑物，行人如非白痴，自然以其鉴赏力的差别，与环境的相异，生发出种种触感。于是留在他们心中，或留在藉文字绘画表达出的作品中，对于卢沟桥三字真是有很多的酬报。

不过，单以“晓月”形容卢沟桥之美，据传是另有原因：每当旧历的月尽头（晦日）天快晓时，下弦的钩月在别处还看不分明，如有人到此桥上，他偏先得清光。这俗传的道理是不可靠的，不能不令人疑惑。其实，卢沟桥也不过高起一些，难道同一时间在西山山顶，或北平城内的白塔（北海山上）上，看那晦晓的月亮，会比卢沟桥不如？不过，话还是不这么拘板说为妙，用“晓月”陪衬卢沟桥的实在是一位善于想象而又身经的艺术家的妙语，本来不预备后人去作科学的测验。你想：“一日之计在于晨”，何况是行人的早发，潮气清蒙，烘托出那钩人思感的月亮——上浮青天，下嵌白石的巨桥。京城的雉堞若隐若现，西山的云翳似近似远，大野无边，黄流激奔……这样光，这样色彩，这样地点与建筑，不管是料峭的春晨，凄冷的秋晓，景物虽然随时有变，但如无雨雪的降临，每月末五更头的月亮、白石桥、大野、黄流，总可凑成一幅佳画，渲染飘浮于行旅者的心灵深处，生发出多少样反射的美感。

你说，偏以这“晓月”陪衬这“碧草卢沟”(清刘履芬的《鸥梦词》中有《长亭怨》一阕，起语是：叹销尽间关轮铁。碧草卢沟，短长程接)，不是最相称的“妙境”么？

无论你是否身经其地，现在，你对于这名标历史的胜迹，大约不止于“发思古之幽情”罢？其实，即以思古而论也尽够你深思，咏叹，有无穷的兴趣！何况，血痕染过的那些石狮的鬈鬣，白骨在桥上的轮迹里腐化，漠漠风沙，呜咽河流，自然会造成一篇悲壮的史诗，就是万古长存的“晓月”也必定对你惨笑，对你冷觑，不是昔日的温柔、幽丽，只引动你的“清念”。

桥下的黄流，日夜呜咽，泛挹着青空的灏气，伴守着沉默的郊野……他们都等待着有明光大来与洪涛冲荡的一日——那一日的清晓。

悲怆与期望

彭程

知识性，艺术性，历史感，时代感，对于一篇散文作品来说，如果能够在有限的篇幅内涉及这些方面，一定能够给读者带来丰富厚重的感受。现代文学史上的著名作家王统照的《卢沟晓月》，无疑便是这样的一篇作品。

开篇援引的两句诗“苍凉自是长安日，呜咽原非陇头水”，即为全文营造了一种苍凉悲怆的气氛。接下来简要介绍了卢沟桥的风物和历史沿革，这是必要的铺垫，但目的还是为了在历史的厚重背景下，进一步烘托那种氛围，进而揭示出作为“燕京八景”之一的“卢沟晓月”所蕴含的丰富浓郁的诗意。羁旅之人，行经此地，不论是“料峭的春晨”，还是“凄冷的秋晓”，都能望见这样的风景：“潮气清蒙，烘托出那钩人思感的月亮——上浮青天，下嵌白石的巨桥。京城的雉堞若隐若现，西山的云翳似近似远，大野无边，黄流激奔……”在这样的景致面前，谁都难免会感受到一种悲凉的心境。

心随景动，情因境生，心与境偕，这是典型的中国人的审美体验，浸润着深邃的古典美学精神。能够准确生动地写出“卢沟晓月”景观的这一重内涵，就已经很难得了。但作者其实有着更为深沉的寄托。此文写于七七事变后不久，当时作者身处已经沦陷了的上海，因此无法在报章上明确地发出抗日的呐喊，但谁都能够看出，这样的一些描写——“血痕染过的那些石狮的鬈鬣，白骨在桥上的轮迹里腐化，漠漠风沙，呜咽河流，自然会造成一篇悲壮的史诗”，所指的分明是不久前在卢沟桥上与日寇搏斗英勇捐躯的那些爱国军人们。他们用鲜血和生命抵抗外侮，捍卫民族尊严，这样的壮举，自然带有一种强烈的悲壮色彩，因此在当时卢沟桥已经成为中华民族不屈不挠的意志的象征。作者用这样慷慨悲凉的笔触描绘出的画卷，正是为了激发和增强全国同胞的爱国情怀，争取抗日战争的早日胜利。

因此接下来的、也是文章最后的话是这样：“桥下的黄流，日夜呜咽，泛挹着青空的灏气，伴守着沉默的郊野……他们都等待着有明光大来与洪涛冲荡的一日———那一日的清晓。”卒章显志，作者坚信抗战的洪流不可阻挡，胜利终将到来，“那一日的清晓”便是中华民族重获自由的日子。这便是文章的主旨，很好地呼应了开头。

彭程，1963 年出生于河北，1984 年毕业于北京大学中文系。现任光明日报文艺部主任，高级编辑。入选 2014 年全国文化名家暨“四个一批”人才工程以及第二批国家“万人计划”领军人才。兼任中国报纸副刊研究会副会长、中国作协理论评论委员会委员、中国文艺评论家协会理事、中国电视艺术家协会理事等。

梁实秋

（1903——1987）

原名治华，字实秋，1903 年 1 月 6 日出生于北京，浙江杭县（今杭州）人。笔名子佳、秋郎、程淑等。中国著名的散文家、学者、文学批评家、翻译家，国内第一个研究莎士比亚的权威，曾与鲁迅等左翼作家笔战不断。一生给中国文坛留下了两千多万字的著作，其散文集创造了中国现代散文著作出版的最高纪录。

胡适先生二三事

胡先生是安徽徽州绩溪县人，他对于他的乡土念念不忘，常告诉我们他的家乡的情形。徽州是个闭塞的地方，四面皆山，地瘠民贫，山地多种茶。每逢收茶季节，茶商经由水路从金华到杭州再到上海求售，所以上海的徽州人特多，号称徽帮，其势力一度不在宁帮之下。四马路一带就有好几家徽州馆子。

1928 年至 1929 年间，有一天，胡先生特别高兴，请努生、光旦和我到一家徽州馆吃午饭。上海的徽州馆相当守旧，已经不能和新兴的广东馆、四川馆相比，但是胡先生要我们去尝尝他的家乡风味。

我们一进门，老板一眼望到胡先生，便从柜台后面站起来笑脸相迎，满口的徽州话，我们一点也听不懂。等我们扶着栏杆上楼的时候，老板对着后面厨房大吼一声。我们落座之后，胡先生问我们是否听懂了方才那一声大吼的意义。我们当然不懂。胡先生说："他是在喊：'绩溪老倌，多加油啊！'"原来绩溪是个穷地方，难得吃油大，多加油即是特别优待老乡之意。果然，那一餐的油不在少。有两个菜给我的印象特别深：一个是划水鱼，即红烧青鱼尾，鲜嫩无比；一个是生炒蝴蝶面，即什锦炒生面片，非常别致。缺点是味太咸，油太大。

徽州人聚族而居，胡先生常夸说，姓胡的、姓汪的、姓程的、姓吴的、姓叶的，大概都是徽州的，或是源出于徽州的。努生调侃地说："胡先生，如果再扩大研究下去，我们可以说中华民族起源于徽州了。"相与拊掌大笑。

吾妻季淑是绩溪程氏，我在胡先生座中如遇有徽州客人，胡先生必定这样介绍我："这是梁某某，我们绩溪的女婿，半个徽州人。"他的记忆力特别好，他不会忘记提起我的岳家早年在北京开设的程五峰斋，那是一家在北京与胡开文齐名的笔墨店。

胡先生酒量不大，但很喜欢喝酒。有一次他的朋友结婚，请他证婚，这是他最喜欢做的事。筵席只预备了两桌，礼毕入席，每桌备酒一壶，不到一巡而酒已告罄。胡先生大呼添酒，侍者表示为难。主人连忙解释，说新娘是节酒会的会员。胡先生从怀里掏出现洋一元交付侍者，说："不干新郎新娘的事，这是我们几个朋友今天高兴，要再喝几杯。赶快拿酒来。"主人无可奈何，只好添酒。

事实上胡先生从不闹酒。1931 年春，胡先生由沪赴平，道出青岛，我们请他到青岛大学演讲，他下榻万国疗养院。讲题是"山东在中国文化里的地位"，就地取材，实在高明之至，对于齐鲁文化的变迁、儒道思想的嬗递，讲得头头是道，听众无不欢喜。当晚青大设宴，胡先生赶快从袋里摸出一只大金指环给大家传观，上面刻着"戒酒"二字，是胡太太送给他的。

胡先生交游广，应酬多，几乎天天有人邀饮，家里可以无须开伙。徐志摩曾风趣地说：“我最羡慕我们胡大哥的肠胃，天天酬酢，肠胃居然吃得消！”其实胡先生并不欣赏这种交际性的宴会，只是无法拒绝而已。1931 年 6 月 21 日胡先生写信给我，劝我离开青岛到北大教书，他说：“你来了，我陪你喝十碗好酒！”

胡先生住上海极司菲尔路的时候，有一回请“新月社”一些朋友到他家里吃饭，菜是胡太太亲自做的徽州著名的“一品锅”。一只大铁锅，口径差不多有一英尺，热腾腾的端了上桌，里面还在滚沸，一层鸡，一层鸭，一层肉，点缀着一些蛋皮饺，尽底下是萝卜白菜。胡先生详细介绍这一品锅，告诉我们这是徽州人家待客的上品，酒菜、饭菜、汤，都在其中矣。对于胡太太的烹调本领，他是赞不绝口的。他认为另有一样食品也是非胡太太不能办的，那就是蛋炒饭——饭里看不见蛋而蛋味十足，我虽没有品尝过，可是我早就知道其做法是把饭放在搅好的蛋里拌匀后再下锅炒。

胡先生不以书法名，但是求他写字的人太多，他也喜欢写。他做中国公学校长的时候，每星期到吴淞三两次，我每次遇见他都是看到他被学生们里三层外三层地密密围绕着。学生要他写字，学生需要自己备纸和研好的墨。他未到校之前，桌上已按次序排好一卷一卷的宣纸，一盘一盘的墨汁。他进屋之后就伸胳膊挽袖子，挥毫落纸如云烟，还要一面和人寒暄，大有手挥五弦目送飞鸿之势。胡先生的字如其人，清癯消瘦，而且相当工整，从来不肯作行草，一横一捺都拖得很细很长，好像是伸胳膊伸腿的样子。不像瘦金体，没有那一份劲逸之气，可是不俗。胡先生说蔡孑民先生的字，也是瘦骨嶙峋，和一般人点翰林时所写的以黑大圆光著名的墨卷迥异其趣，胡先生曾问过他，以他那样的字何以能点翰林，蔡先生答说：“也许是因为当时最流行的是黄山谷的字体罢！”

胡先生最爱写的对联是：“大胆地假设，小心地求证；认真地做事，严肃地做人。”我常惋惜，大家都注意上联，而不注意下联。这一联有如双翼，上联教人求学，下联教人做人，我不知道胡先生这一联产生了多少效果。这一联教训的意味很浓，胡先生自己亦不讳言他喜欢用教训的口吻。他常说："说话而教人相信，必须斩钉截铁，咬牙切齿，翻来覆去。《圣经》里便是时常使用 Verily 以及 Thoushalt 等等的字样。"胡先生说话并不武断，但是语气永远是非常非常坚定的。

胡先生从来不在人背后说人的坏话，而且也不喜欢听人在他面前说别人的坏话。有一次他听了许多不相干的闲话之后喟然而叹曰："来说是非者，便是是非人！"相反的，人有一善，胡先生则津津乐道，真是口角春风。徐志摩给我的一封信里有"胡圣潘仙"一语，是因为胡先生向有"圣人"之称，潘光旦只有一条腿，可跻身八仙之列，并不完全是戏谑。

简洁传神、情致盎然的散文范本

杨晓升

梁实秋是20世纪华语世界中散文天地的一代宗师，他一生给华语文坛留下了一批脍炙人口的经典名篇，尤以《雅舍小品》驰名。他的散文自然真率、豁达洒脱，亦庄亦谐，情趣盎然，读之如饮美酒，如品甘茗。

《胡适先生二三事》是梁实秋众多的人物散文之一。这篇散文，篇幅虽仅有两千余字，却写活了胡适这个人物。个中奥秘，该归功于作者善于撷取精彩细节。

作品一开始，作者简述胡适出生地：安徽徽州绩溪县人。为了突出胡适浓重的故乡情结，作者讲述他的第一件事：请朋友吃饭非要去有他家乡特色的徽州馆。尽管徽州馆相当守旧，但胡先生执意“要我们去尝尝他的家乡风味”，席间还津津乐道“徽州人聚族而居”的特点，以致与“我”同来的努生调侃他说：“胡先生，如果再扩大研究下去，我们可以说中华民族起源于徽州了。”

作者写胡适第二件事：好酒，但不闹酒。一次出席朋友婚宴，席间因主人备酒不够，自己未能尽兴，遂自掏腰包让侍者添酒。可有次去青岛大学演讲，“当晚青大设宴，胡先生赶快从袋里摸出一只大金指环给大家传观，上面刻着‘戒酒’二字，是胡太太送给他的”。至此，人们知道原本好酒的胡适，在家里却是听太太话的。

作者写胡适第三件事：“胡先生不以书法名，但是求他写字的人太多，他也喜欢写。”作者描写胡适写书法的情形栩栩如生：“他进屋之后就伸胳膊挽袖子，挥毫落纸如云烟，还要一面和人寒暄，大有手挥五弦目送飞鸿之势。胡先生的字如其人，清癯消瘦，而且相当工整，从来不肯作行草，一横一捺都拖得很细很长，好像是伸胳膊伸腿的样子。”

此外，作者写胡适“最爱写的对联是：‘大胆地假设，小心地求证；认真地做事，严肃地做人。’”；还写胡适“从来不在人背后说人的坏话，而且也不喜欢听人在他面前说别人的坏话。有一次他听了许多不相干的闲话之后喟然而叹曰：‘来说是非者，便是是非人！’”

上述所有这些细节描写，不仅简洁、生动、传神，胡适的音容笑貌、品质为人等性格特征也都跃然纸上，令人肃然起敬。

老舍

（1899——1966）

原名舒庆春，另有笔名絜青、鸿来、非我等，字舍予。因为老舍生于阴历立春，父母为他取名“庆春”，大概含有庆贺春来、前景美好之意。上学后，自己更名为舒舍予，含有“舍弃自我”，亦即“忘我”的意思。北京满族正红旗人。中国现代小说家、作家，语言大师、人民艺术家，新中国第一位获得“人民艺术家”称号的作家。代表作有《骆驼祥子》《四世同堂》、剧本《茶馆》。

微神

清明已过了，大概是；海棠花不是都快开齐了吗？今年的节气自然是晚了一些，蝴蝶们还很弱；蜂儿可是一出世就那么挺拔，好像世界确是甜蜜可喜的。天上只有三四块不大也不笨重的白云，燕儿们给白云上钉小黑丁字玩呢。没有什么风，可是柳枝似乎故意地轻摆，像逗弄着四外的绿意。田中的清绿轻轻地上了小山，因为娇弱怕累得慌，似乎是，越高绿色越浅了些；山顶上还是些黄多于绿的纹缕呢。山腰中的树，就是不绿的也显出柔嫩来，山后的蓝天也是暖和的，不然，大雁们为何唱着向那边排着队去呢？

石凹藏着些怪害羞的三月兰，叶儿还赶不上花朵大。

小山的香味只能闭着眼吸取，省得劳神去找香气的来源，你看，连去年的落叶都怪好闻的。那边有几只小白山羊，叫的声儿恰巧使欣喜不至过度，因为有些悲意。偶尔走过一只来，没长犄角就留下须的小动物，向一块大石发了会儿愣，又颠颠着俏式的小尾巴跑了。

我在山坡上晒太阳，一点思念也没有，可是自然而然地从心中滴下些诗的珠子，滴在胸中的绿海上，没有声响，只有些波纹走不到腮上便散了的微笑；可是始终也没成功一整句。一个诗的宇宙里，连我自己好似只是诗的什么地方的一个小符号。

越晒越轻松，我体会出蝶翅是怎样的欢欣。我搂着膝，和柳枝同一律动前后左右的微动，柳枝上每一黄绿的小叶都是听着春声的小耳勺儿。有时看看天空，啊，谢谢那块白云，它的边上还有个小燕呢，小得已经快和蓝天化在一处了，像万顷蓝光中的一粒黑痣，我的心灵像要往那儿飞似的。

远处山坡的小道，像地图上绿的省份里一条黄线。往下看，一大片麦田，地势越来越低，似乎是由山坡上往那边流动呢，直到一片暗绿的松树把它截住，很希望松林那边是个海湾。及至我立起来，往更高处走了几步，看看，不是；那边是些看不甚清的树，树中有些低矮的村舍；一阵小风吹来极细的一声鸡叫。

春晴的远处鸡声有些悲惨，使我不晓得眼前一切是真还是虚，它是梦与真实中间的一道用声音作的金线；我顿时似乎看见了个血红的鸡冠：在心中，村舍中，或是哪儿，有只——希望是雪白的——公鸡。

我又坐下了；不，随便地躺下了。眼留着个小缝收取天上的蓝光，越看越深，越高；同时也往下落着光暖的蓝点，落在我那离心不远的眼睛上。不大一会儿，我便闭上了眼，看着心内的晴空与笑意。

我没睡去，我知道已离梦境不远，但是还听得清清楚楚小鸟的相唤与轻歌。说也奇怪，每逢到似睡非睡的时候，我才看见那块地方——不晓得一定是哪里，可是在入梦以前它老是那个样儿浮在眼前。就管它叫作梦的前方吧。这块地方并没有多大，没有山，没有海。像一个花园，可又没有清楚的界限。差不多是个不甚规则的三角，三个尖端浸在流动的黑暗里。一角上——我永远先看见它——是一片金黄与大红的花，密密层层！没有阳光，一片红黄的后面便全是黑暗，可是黑的背景使红黄更加深厚，就好像大黑瓶上画着红牡丹，深厚得至于使美中有一点点恐怖。黑暗的背景，我明白了，使红黄的一片抱住了自己的彩色，不向四外走射一点；况且没有阳光，彩色不飞入空中，而完全贴染在地上。我老先看见这块，一看见它，其余的便不看也会知道的，正好像一看见香山，准知道碧云寺在哪儿藏着呢。

其余的两角，左边是一个斜长的土坡，满盖着灰紫的野花，在不漂亮中有些深厚的力量，或者月光能使那灰的部分多一些银色，显出点诗的灵空；但是我不记得在哪儿有个小月亮。无论怎样，我也不厌恶它。不，我爱这个似乎被霜弄暗了的紫色，像年轻的母亲穿着暗紫长袍。右边的一角是最漂亮的，一处小草房，门前有一架细蔓的月季，满开着单纯的花，全是浅粉的。

设若我的眼由左向右转，灰紫、红黄、浅粉，像是由秋看到初春，时候倒流；生命不但不是由盛而衰，反倒是以玫瑰作香色双艳的结束。

三角的中间是一片绿草，深绿、软厚、微湿；每一短叶都向上挺着，似乎是听着远处的雨声。没有一点风，没有一个飞动的小虫；一个鬼艳的小世界，活着的只有颜色。

在真实的经验中，我没见过这么个境界。可是它永远存在，在我的梦前。英格兰的深绿，苏格兰的紫草小山，德国黑林的幽晦，或者是它的祖先们，但是谁知道呢。从赤道附近的浓艳中减去阳光，也有点像它，但是它又没有虹样的蛇与五彩的禽，算了吧，反正我认识它。

我看见它多少多少次了。它和“山高月小，水落石出”，是我心中的一对画屏。可是我没到那个小房里去过。我不是被那些颜色吸引得不动一动，便是由它的草地上恍惚的走入另种色彩的梦境。它是我常遇到的朋友，彼此连姓名都晓得，只是没细细谈过心。我不晓得它的中心是什么颜色的，是含着一点什么神秘的音乐——真希望有点响动！

这次我决定了去探险。

一想就到了月季花下，或也许因为怕听我自己的足音？月季花对于我是有些端阳前后的暗示，我希望在哪儿贴着张深黄纸，印着个朱红的判官，在两束香艾的中间。没有。只在我心中听见了声“樱桃”的吆喝。这个地方是太静了。

小房子的门闭着，窗上门上都挡着牙白的帘儿，并没有花影，因为阳光不足。里边什么动静也没有，好像它是寂寞的发源地。轻轻地推开门，静寂与整洁双双地欢迎我进去，是欢迎我；室中的一切是“人”的，假如外面景物是“鬼”的——希望我没用上过于强烈的字。

一大间，用幔帐截成一大一小的两间。幔帐也是牙白的，上面绣着些小蝴蝶。外间只有一条长案，一个小椭圆桌儿，一把椅子，全是暗草色的，没有油饰过。椅上的小垫是浅绿的，桌上有几本书。案上有一盆小松，两方古铜镜，锈色比小松浅些。内间有一个小床，罩着一块快垂到地上的绿毯。床首悬着一个小篮，有些快干的茉莉花。地上铺着一块长方的蒲垫，垫的旁边放着一双绣白花的小绿拖鞋。

我的心跳起来了！我决不是入了复杂而光灿的诗境；平淡朴美是此处的音调，也不是幻景，因为我认识那只绣着白花的小绿拖鞋。

爱情的故事往往是平凡的，正如春雨秋霜那样平凡。可是平凡的人们偏爱在这些平凡的事中找些诗意；那么，想必是世界上多数的事物是更缺乏色彩的；可怜的人们！希望我的故事也有些应有的趣味吧。

没有像那一回那么美的了。我说“那一回”，因为在那一天那一会儿的一切都是美的。她家中的那株海棠花正开成一个大粉白的雪球；沿墙的细竹刚拔出新笋；天上一片娇晴；她的父母都没在家；大白猫在花下酣睡。听见我来了，她像燕儿似的从帘下飞出来；没顾得换鞋，脚下一双小绿拖鞋像两片嫩绿的叶儿。她喜欢得像清早的阳光，腮上的两片苹果比往常红着许多倍，似乎有两颗香红的心在脸上开了两个小井，溢着红润的胭脂泉。那时她还梳着长黑辫。

她父母在家的时候，她只能隔着窗儿望我一望，或是设法在我走去的时节，和我笑一笑。这一次，她就像一个小猫遇上了个好玩的伴儿；我一向不晓得她“能” 这样的活泼。在一同往屋中走的工夫，她的肩挨上了我的。我们都才十七岁。我们都没说什么，可是四只眼彼此告诉我们是欣喜到万分。我最爱看她家壁上那张工笔百鸟朝凤；这次，我的眼匀不出工夫来。我看着那双小绿拖鞋；她往后收了收脚，连耳根儿都有点红了；可是仍然笑着。我想问她的功课，没问；想问新生的小猫有全白的没有，没问；心中的问题多了，只是口被一种什么力量给封起来，我知道她也是如此，因为看见她的白润的脖儿直微微地动，似乎要将些不相干的言语咽下去，而真值得一说的又不好意思说。

她在临窗的一个小红木凳上坐着，海棠花影在她半个脸上微动。有时候她微向窗外看看，大概是怕有人进来。及至看清了没人，她脸上的花影都被欢悦给浸渍得红艳了。她的两手交换着轻轻地摸小凳的沿，显着不耐烦，可是欢喜的不耐烦。最后，她深深地看了我一眼，极不愿意而又不得不说地说，“走吧！”我自己已忘了自己，只看见，不是听见，两个什么字由她的口中出来?可是在心的深处猜对那两个字的意思，因为我也有点那样的关切。我的心不愿动，我的脑知道非走不可。我的眼盯住了她的。她要低头，还没低下去，便又勇敢地抬起来，故意地，不怕地，羞而不肯羞地，迎着我的眼。直到不约而同地垂下头去，又不约而同地抬起来，又那么看。心似乎已碰着心。

我走，极慢的，她送我到帘外，眼上蒙了一层露水。我走到二门，回了回头，她已赶到海棠花下。我像一个羽毛似的飘荡出去。

以后，再没有这种机会。

有一次，她家中落了，并不使人十分悲伤的丧事。在灯光下我和她说了两句话。她穿着一身孝衣。手放在胸前，摆弄着孝衣的扣带。站得离我很近，几乎能彼此听得见脸上热力的激射，像雨后的禾谷那样带着声儿生长。可是，只说了两句极没有意思的话——口与舌的一些动作：我们的心并没管它们。

我们都二十二岁了，可是五四运动还没降生呢。男女的交际还不是普通的事。我毕业后便做了小学的校长，平生最大的光荣，因为她给了我一封贺信。信笺的末尾——印着一枝梅花——她注了一行：不要回信。我也就没敢写回信。可是我好像心中燃着一束火把，无所不尽其极地整顿学校。我拿办好了学校作为给她的回信；她也在我的梦中给我鼓着得胜的掌——那一对连腕也是玉的手！

提婚是不能想的事。许多许多无意识而有力量的阻碍，像个专以力气自雄的恶虎，站在我们中间。

有一件足以自慰的，我那系在心上的耳朵始终没听到她的订婚消息。还有件比这更好的事，我兼任了一个平民学校的校长，她担任着一点功课。我只希望能时时见到她，不求别的。她呢，她知道怎么躲避我——已经是个二十多岁的大姑娘。她失去了十七八岁时的天真与活泼，可是增加了女子的尊严与神秘。

又过了两年，我上了南洋。到她家辞行的那天，她恰巧没在家。

在外国的几年中，我无从打听她的消息。直接通信是不可能的。间接探问，又不好意思。只好在梦里相会了。说也奇怪，我在梦中的女性永远是“她”。梦境的不同使我有时悲泣，有时狂喜；恋的幻境里也自有一种味道。她，在我的心中，还是十七岁时的样子：小圆脸，眉眼清秀中带着一点媚意。身量不高，处处都那么柔软，走路非常的轻巧。那一条长黑的发辫，造成最动心的一个背影。我也记得她梳起头来的样儿，但是我总梦见那带辫的背影。

回国后，自然先探听她的一切。一切消息都像谣言，她已做了暗娼！

就是这种刺心的消息，也没减少我的热情；不，我反倒更想见她，更想帮助她。我到她家去。已不在那里住，我只由墙外看见那株海棠树的一部分。房子早已卖掉了。

到底我找到她了。她已剪了发，向后梳拢着，在项部有个大绿梳子。穿着一件粉红长袍，袖子仅到肘部，那双臂，已不是那么活软的了。脸上的粉很厚，脑门和眼角都有些褶子。可是她还笑得很好看，虽然一点活泼的气象也没有了。设若把粉和油都去掉，她大概最好也只像个产后的病妇。她始终没正眼看我一次，虽然脸上并没有羞愧的样子，她也说也笑，只是心没在话与笑中，好像完全应酬我。我试着探问她些问题与经济状况，她不大愿意回答。她点着一支香烟，烟很灵通地从鼻孔出来，她把左膝放在右膝上，仰着头看烟的升降变化，极无聊而又显着刚强。我的眼湿了，她不会看不见我的泪，可是她没有任何表示。她不住地看自己的手指甲，又轻轻地向后按头发，似乎她只是为它们活着呢。提到家中的人，她什么也没告诉我。我只好走吧。临出来的时候，我把住址告诉给她——深愿她求我，或是命令我，做点事。她似乎根本没往心里听，一笑，眼看看别处，没有往外送我的意思。她以为我是出去了，其实我是立在门口没动，这么着，她一回头，我们对了眼光。只是那么一擦似的她转过头去。

初恋是青春的第一朵花，不能随便掷弃。我托人给她送了点钱去。留下了，并没有回话。

朋友们看出我的悲苦来，眉头是最会出卖人的。她们善意的给我介绍女友，惨笑地摇首是我的回答。我得等着她。初恋像幼年的宝贝永远是最甜蜜的，不管那个宝贝是一个小布人，还是几块小石子。慢慢地，我开始和几个最知己的朋友谈论她，他们看在我的面上没说她什么，可是假装闹着玩似的暗刺我，他们看我太愚，也就是说她不配一恋。他们越这样，我越顽固。是她打开了我的爱的园门，我得和她走到山穷水尽。怜比爱少着些味道，可是更多着些人情。不久，我托友人向她说明，我愿意娶她。我自己没胆量去。友人回来，带回来她的几声狂笑。她没说别的，只狂笑了一阵。她是笑谁？笑我的愚，很好，多情的人不是每每有些傻气吗？这足以使人得意。笑她自己，那只是因为不好意思哭，过度的悲郁使人狂笑。

为人生路上的初心造梦

李林荣

老舍以写长篇小说著称，可是也绝不轻视短篇小说。不仅如此，他甚至还感慨：“短篇小说并不因篇幅短就容易写。反之，正因为它短，才很难写。”“短篇想要见好，非拼命去作不可。”在老舍看来，短篇小说有如小说世界里的精金美玉，容不得杂质，整块的好，非得靠点点滴滴的讲究和精致来成全。长篇小说体大身胖，偶尔掺杂一些废料，也容易被别处的精彩给淹没和冲淡。而小说不论长短，老舍认为好的标准都一样，就是要写出能扎进读者心里的人物来。

很显然，这样的人物，一定先得在作家心里扎下根，然后才有可能被作家写出来并且写得好。对自己的作品老舍向来不夸口，更不自诩哪部作品有多么高明，但他也有特别看重的得意之作。新中国成立之初，曾有来华工作的苏联译者请老舍自荐代表作，供他们翻译成俄文版。老舍只提了两个作品，一是《骆驼祥子》，二是《微神》。这时，距离这两个作品问世的 1930 年代中期，已将近二十年。岁月增加了老舍的人生阅历和创作收获，却没让《骆驼祥子》和《微神》在老舍心里减了分量。其中的缘由，借用老舍自己的话说，就在于这两个作品写的都是他“自己的经验或亲眼看见的人与事”。

不同的是，《骆驼祥子》的分量之重，集中在栩栩如生的“祥子”身上，牵扯着社会和人生的现实意义。《微神》的分量之重，弥漫在扑朔迷离的梦境和幻觉之中，非得进入做这个梦和叙述这种幻觉的“我”的世界里，才能体会得到。换句话说，《骆驼祥子》是明着写的，《微神》是暗着写的。明着写的作品，模拟别人的生活。暗着写的作品，发现隐藏着的自己。照老舍的“发小”罗常培先生著文见证，《微神》里藏着老舍本人真实的初恋。作品里的“我”，几乎就是老舍自己的投影；而“她”的原型，则是资助老舍读书上学的恩人刘寿绵（就是老舍在散文《宗月大师》里写到的宗月大师）的女儿。只不过，老舍的初恋虽然失落了，他初恋的对象实际上并没落得《微神》里的“她”那么惨的结局。

小说毕竟是小说，它有现实的“核”，但更得有虚构的“皮”和“肉”。比起《骆驼祥子》来，《微神》的虚构多了一层缥缈的诗意和人鬼情未了的神秘、玄幻色彩。为此，一直有人把《微神》当成谜语来破解。尤其是小说开篇不久，“我”入梦时分所见的那片花园似的三角地。灰紫、红黄、浅粉三种色彩三种花，分别占住了三个角，三角中间一片绿草，灰紫的一角凸起一道斜坡，浅粉的一角立着座门前挂着一架细蔓月季的小草房。这每一个细节，都有学者做过细致的、意见不一的猜谜般的解读。比如，有认为上述三色分别对应母爱、失恋和恋情的，也有认为是代表最后的死亡、成年后的失恋和情窦初开时的初恋的。连中间那片绿草地，也有人联系着那双总和“她”同在的小绿拖鞋，解读成是在隐喻女性身体。

这些理解都不算错。《微神》最初在杂志上发表时，题目标的是个发音近似“微神”的英语单词Vision。Vision本来就有幻觉、幻象的意思。写的既是幻觉、幻象，能让读者产生捉摸不定、意味深长的感受，当然正好。然而细读作品，也会发现，老舍写《微神》的时候，并没有存心要给读者出谜题的意思。包括以上那些描写在内，所有看似神秘的细节和整个作品的主题，在作品里都有明明白白的交代。

比如对于那三种花色：“设若我的眼由左向右转，灰紫、红黄、浅粉，像是由秋看到初春，时候倒流；生命不但不是由盛而衰，反倒是以玫瑰作香色双艳的结束。”又如对于那间小草房：“室中的一切是‘人’的，假如外面景物是‘鬼’的”。而对于全篇的主题，也再没有比老舍自己的说法更明快、更精当的了："初恋是青春的第一朵花，不能随便掷弃。""初恋像幼年的宝贝永远是最甜蜜的，不管那个宝贝是一个小布人，还是几块小石子。"

至于小绿拖鞋的"绿"从何而来、意味何在，小说最后一句话说得再明白不过：那是树叶的颜色。在大自然里，树叶无法常绿着永生在树上，可在人世里，尽管最终都免不了要遭遇红颜化为白骨、迷梦归于破灭的冰冷一刻，做着春梦的心也仍然是会暗自永生的。从这个意义上，《微神》一点都不"微"，它是人生路上的一片初心，属于滚滚红尘中的每一个人。

李林荣，北京第二外国语学院文学院教授，北京老舍文学院客座教授。

钱钟书

（1910——1998）

中国现代作家、文学研究家。1937年，以《十七十八世纪英国文学中的中国》一文获牛津大学艾克赛特学院学士学位。著有《谈艺录》《写在人生边上》《围城》《管锥篇》等作品。

窗

又是春天，窗子可以常开了。春天从窗外进来，人在屋子里坐不住，就从门里出去。不过屋子外的春天太贱了！到处是阳光，不像射破屋里阴深的那样明亮；到处是给太阳晒得懒洋洋的风，不像搅动屋里沉闷的那样有生气。就是鸟语，也似乎琐碎而单薄，需要屋里的寂静来做衬托。我们因此明白，春天是该镶嵌在窗子里看的，好比画配了框子。

同时，我们悟到，门和窗有不同的意义。当然，门是造了让人出进的。但是，窗子有时也可作为进出口用，譬如小偷或小说里私约的情人就喜欢爬窗子。所以窗子和门的根本分别，决不仅是有没有人进来出去。若据赏春一事来看，我们不妨这样说：有了门，我们可以出去；有了窗，我们可以不必出去。窗子打通了人和大自然的隔膜，把风和太阳逗引进来，使屋子里也关着一部分春天，让我们安坐了享受，无须再到外面去找。

古代诗人像陶渊明对于窗子的这种精神，颇有会心。《归去来辞》有两句道：“倚南窗以寄傲，审容膝之易安。”不等于说，只要有窗可以凭眺，就是小屋子也住得么？他又说：“夏月虚闲，高卧北窗之下，清风飒至，自谓羲皇上人。”意思是只要窗子透风，小屋子可成极乐世界；他虽然是柴桑人，就近有庐山，也用不着上去避暑。所以，门许我们追求，表示欲望，窗子许我们占领，表示享受。这个分别，不但是住在屋里的人的看法，有时也适用于屋外的来人。一个外来者，打门请进，有所要求，有所询问，他至多是个客人，一切要等主人来决定。反过来说，一个钻窗子进来的人，不管是偷东西还是偷情，早已决心来替你做个暂时的主人，顾不到你的欢迎和拒绝了。

缪塞（Musset）在《少女做的是什么梦》（A Quoirventles jeunes filles）那首诗剧里，有句妙语，略谓父亲开了门，请进了物质上的丈夫（matrielpoux），但是理想的爱人（idal），总是从窗子出进的。换句话说，从前门进来的，只是形式上的女婿，虽然经丈人看中，还待博取小姐自己的欢心；要是从后窗进来的，总是女郎们把灵魂肉体完全交托的真正情人。你进前门，先要经门房通知，再要等主人出见，还得寒暄几句，方能说明来意，既费心思，又费时间，那像从后窗进来的直接痛快？好像学问的捷径，在乎书背后的引得，若从前面正文看起，反见得愈远了。这当然只是在社会常态下的分别，到了战争等变态时期，屋子本身就保不住，还讲什么门和窗！

世界上的屋子全有门，而不开窗的屋子我们还看得到。这指示出窗比门代表更高的人类进化阶段。门是住屋子者的需要，窗多少是一种奢侈。屋子的本意，只像鸟巢兽窟，准备人回来过夜的，把门关上，算是保护。但是墙上开了窗子，收入光明和空气，使我们白天不必到户外去，关了门也可生活。屋子在人生里因此增添了意义，不只是避风雨、过夜的地方，并且有了陈设，挂着书画，是我们从早到晚思想、工作、娱乐、演出人生悲喜剧的场子。

门是人的进出口，窗可以说是天的进出口。屋子本是人造了为躲避自然的胁害，而向四垛墙、一个屋顶里，窗引诱了一角天进来，驯服了它，给人利用，好比我们笼络野马，变为家畜一样。从此我们在屋子里就能和自然接触，不必去找光明，换空气，光明和空气会来找到我们。所以，人对于自然的胜利，窗也是一个。不过，这种胜利，有如女人对于男子的胜利，表面上看来好像是让步——人开了窗让风和日光进来占领，谁知道来占领这个地方的就给这个地方占领去了！

我们刚说门是需要，需要是不由人做得主的。譬如我，饿了就要吃，渴了就该喝。所以有人敲门，你总得去开，也许是易卜生所说比你下一代的青年想冲进来，也许像德昆希《论谋杀后闻打门声》（On the knocking at the Gate in the Macheth）所说，光天化日的世界想攻进黑暗罪恶的世界，也许是浪子回家，也许是有人借债（更许是讨债），你愈不知道，怕去开，你愈想知道究竟，愈要去开。甚至邮差每天打门的声音，也使你起了带疑惧的希冀，因为你不知道而又愿知道他带来的是什么消息。门的开关是由不得你的。但是窗呢？你清早起来，只要把窗幕拉过一边，你就知道窗外有什么东西在招呼着你，是雪、是雾、是雨，还是好太阳，决定要不要开窗子。上面说过窗子算得奢侈品，奢侈品原是在人看情形斟酌增减的。

我常想，窗可以算房屋的眼睛。刘熙《释名》说：“窗，聪也；于内窥外，为聪明也。”正跟凯罗（GottfriendKeller）《晚歌》（Abendlied）起句所谓：“双瞳如小窗（Fensterlein），佳景收历历。”同样地只说着一半。眼睛是灵魂的窗户，我们看见外界，同时也让人看到我们的内心；眼睛往往跟着心在转，所以孟子认为“相人莫良于眸子”，梅特林克戏剧里的情人接吻时不许闭眼，可以看见对方有多少吻要从心里上升到嘴边。我们跟带黑眼镜的人谈话，总觉得捉摸不住他的用意，仿佛他以假面具相对，就是为此。

据爱戈门（Eckermann）记一八三〇年四月五日歌德的谈话，歌德恨一切戴眼镜的人，说他们看得清楚他脸上的皱纹，但是他给他们的玻璃片耀得眼花缭乱，看不出他们的心境。窗子许里面人看出去，同时也许外面人看进来，所以在热闹地方住的人要用窗帘子，替他们私生活做个保障。晚上访人，只要看窗里有无灯光，就约略可以猜到主人在不在家，不必打开了门再问，好比不等人开口，从眼睛里看出他的心思。

关窗的作用等于闭眼。天地间有许多景象是要闭了眼才看得见的，譬如梦。假使窗外的人声物态太嘈杂了，关了窗好让灵魂自由地去探胜，安静地默想。有时，关窗和闭眼也有连带关系，你觉得窗外的世界不过尔尔，并不能给予你什么满足，你想回到故乡，你要看见跟你分离的亲友，你只有睡觉，闭了眼向梦里寻去，于是你起来先关了窗。因为只是春天，还留着残冷，窗子也不能镇天镇夜不关的。

评钱钟书的窗

刘长琨

《窗》是钱钟书先生早年的一篇随笔式说理散文。初次阅读觉得有点小题大做，窗的功用谁不知道，用得着引经据典旁征博引地加以论证吗？好像故意卖弄学问似的。直到再次品读，才领悟到文章的深意所在。正如钱先生文中所说："学问的捷径，在乎书背后的引得，若从前面正文看起，反见得愈远了。"钱先生正面写窗，其本意却并不在窗，而是借写窗抒发对人生的感悟与哲思。

文章从春天开窗写起。春暖花开，人们纷纷走出屋子去享受大好春光，这是传统，年年如此。但作者却对这种身临其境的赏春方式不以为然，提出了一种赏春的新观念，新视角：坐在屋子里，透过窗户静静地观赏外面春天的景色，正如杜甫坐在屋里，透过窗户观赏远山的雪景一样。"窗含西岭千秋雪"，一幅多么静美的图画！这种带有距离感的美，是身临其境（站在山头雪地里）所无法感受到的。看风景如此，看人生何尝不是如此呢？置身于物欲横流的滚滚红尘之中，许多人和事往往看不清，看不透，只有拉开一点距离，摆脱环境的干扰，冷眼旁观才能看得明白。这也许就是钱先生所说的“书背后的引得”吧？

《窗》中引用了许多古人与洋人的经典文章，并非作者在掉书袋，只因钱先生闻博识广，不过是“信手拈来，涉笔成趣”，这正是学者作文的一大特征；而且以典说理，更觉简明晓畅，可省却许多枯燥的论证文字。如：引陶渊明的诗文，是在赞扬一种人生态度；引缪塞的《少女做的是什么梦》，是为了喻示“学问的捷径”，等等。

《窗》以开窗开始，以关窗结束。除起到了文章首尾照应的艺术效果之外，其关窗与闭眼的人生喻义，对读者也会有深刻的启迪，人生经历不同，会有不同心得。

《窗》是钱先生年轻时的作品，正值其风华正茂书生意气勃发时期，兼以钱先生诙谐的天性，文中处处透露着一种反常规的思维，对传统理念较少顾及；有时则谐趣风生，一语惊人。最妙的是关于开窗是人对自然的胜利一段，竟用“女人对于男人的胜利”来作比方，令人禁不住哑然失笑。所以我说，这窗是钱钟书的窗，别人的窗当是另一番风景。

读《窗》不仅要读文还要读人，透过《窗》更深地了解作者，走进作者的内心世界。这也是“书背后的引得”的题中应有之义。

刘长琨，曾任国家财政部部长助理、国资委大中型国有企业监事会主席。多年坚持读书写作，对《红楼梦》有独特研究，多篇散文刊登各大报刊。

记忆

JI YI

余秋雨：沙原隐泉

苏　童：60 年代是一张什么样的标签

赵德发：白纸黑字

杨晓升：遥远的春节

陶泰忠：我在天空飞过

（文字统筹 / 朱小平）

余秋雨

中国著名文化学者，理论家、文化史学家、散文家。出版有《戏剧理论史稿》《中国戏剧文化史述》《戏剧审美心理学》。1985年成为中国大陆最年轻的文科教授。1986年被授予上海十大学术精英称号。1987年被授予国家级突出贡献专家的荣誉称号。

沙原隐泉

沙漠中也会有路的，但这儿没有。

远远看去，有几行歪歪扭扭的脚印。

顺着脚印走吧，但不行，被人踩过了的地方，反而松得难走。只能用自己的脚，去走一条新路。回头一看，为自己长长的脚印高兴。不知这行脚印，能保存多久？

挡眼是几座巨大的沙山。只能翻过它们，别无他途。上沙山实在是一项无比辛劳的苦役。刚刚踩实一脚，稍一用力，脚底就松松地下滑。用力越大，陷得越深，下滑也越加厉害。才踩几脚，已经气喘，浑身恼怒。

我在浙东山区长大，在幼童时已经能够欢快地翻越大山。累了，一使蛮劲，还能飞奔峰巅。这儿可万万使不得蛮劲。软软的细沙，也不硌脚，也不让你磕撞，只是款款地抹去你的全部气力。你越发疯，它越温柔，温柔得可恨之极。无奈，只能暂息雷霆之怒，把脚底放松，与它厮磨。

要腾腾腾地快步登山，那就不要到这儿来。有的是栈道，有的是石阶，千万人走过了的，还会有千万人走。只是，那儿不给你留下脚印，属于你自己的脚印。来了，那就认了吧，为沙漠行走者的公规，为这些美丽的脚印。

心气平和了，慢慢地爬。沙山的顶越看越高，爬多少它就高多少，简直像儿时追月。

已经担心今晚的栖宿。狠一狠心，不宿也罢，爬！再不理会那高远的目标了，何必自己惊吓自己。它总在的，看也在，不看也在，那么，看又何益？

还是转过头来打量一下自己已经走过的路吧。我竟然走了那么长，爬了那么高。脚印已像一条长不可及的绸带，平静而飘逸地画下了一条波动的曲线，曲线一端，紧系脚下。

完全是大手笔，不禁钦佩起自己来了。

不为那越来越高的山顶，只为这已经画下的曲线，爬。

不管能抵达哪儿，只为已耗下的生命，爬。

无论怎么说，我始终站在已走过的路的顶端。永久的顶端，不断浮动的顶端，自我的顶端，未曾后退的顶端。

沙山的顶端是次要的。爬，只管爬。

脚下突然平实，眼前突然空阔，怯怯地抬头四顾，山顶还是被我爬到了。

完全不必担心栖宿，西天的夕阳还十分灿烂。

夕阳下的绵绵沙山是无与伦比的天下美景。光与影以最畅直的线条进行分割，金黄和黛赭纯净得毫无斑驳，像用一面巨大的筛筛过了。日夜的风，把山脊、山坡塑成波荡，那是极其款曼平适的波，不含一丝涟纹。

于是，满眼皆是畅快，一天一地都被铺排得大大方方、明明净净。色彩单纯到了圣洁，气韵委和到了崇高。

为什么历代的僧人、信众、艺术家偏偏要选中沙漠沙山来倾注自己的信仰，建造了莫高窟、榆林窟和其他洞窟？站在这儿，我懂了。我把自身的顶端与山的顶端合在一起，心中鸣起了天乐般的梵呗。

刚刚登上山脊时，已发现山脚下尚有异相，舍不得一眼看全。待放眼鸟瞰一过，此时才敢仔细端详。那分明是一湾清泉，横卧山底。

动用哪一个藻饰词汇，都会是对它的亵渎。只觉它来得莽撞，来得怪异，安安静静地躲藏在本不该有它的地方，让人的眼睛看了很久还不大能够适应。再年轻的旅行者，也会像慈父心疼女儿一样叫一声：这是什么地方，你怎么也跑来了！

是的，这无论如何不是它来的地方。要来，该来一道黄浊的激流，但它是这样的清澈和宁谧。或者，来一个大一点的湖泊，但它是这样的纤瘦和婉约。按它的品貌，该落脚在富春江畔，雁荡山间，或是从虎跑到九溪的树荫下。

漫天的飞沙，难道从未把它填塞？夜半的飓风，难道从未把它吸干？这里可曾出没过强盗的足迹，借它的甘泉赖以为生？这里可曾蜂聚过匪帮的马队，在它身边留下一片污浊？

我胡乱想着，随即又愁云满面。怎么走近它呢？我站立峰巅，它委身山底。向着它的峰坡，陡峭如削。此时此刻，刚才的攀登，全化成了悲哀。

向往峰巅，向往高度，结果峰巅只是一道刚能立足的狭地。不能横行，不能直走，只享一时俯视之乐，怎可长久驻足安坐？上已无路，下又艰难，我感到从未有过的孤独与惶恐。

世间真正温煦的美色，都熨帖着大地，潜伏在深谷。君临万物的高度，到头来只构成自我嘲弄。我已看出了它的讥谑，于是急急地来试探下削的陡坡。

人生真是艰难，不上高峰发现不了它，上了高峰又不能与它亲近。看来，注定要不断地上坡下坡、上坡下坡。

咬一咬牙，狠一狠心。总要出点事了，且把脖子缩紧，歪扭着脸上肌肉把脚伸下去。一脚，再一脚，整个骨骼都已准备好了一次重重的摔打。

然而，奇了，什么也没有发生。才两脚，已出溜下去好几米，又站得十分稳当。不前摔，也不后仰，一时变作了高加索山头上的普罗米修斯。

再稍用力，如入慢镜头，跨步若舞蹈，只十来下，就到了山底。

实在惊呆了：那么艰难地爬了几个时辰，下来只是几步！想想刚才伸脚时的悲壮决心，哑然失笑。康德说，滑稽是预期与后果的严重失衡，正恰是这种情景。

来不及多想康德了，急急向泉水奔去。

一湾不算太小，长可三四百步，中间最宽处，相当一条中等河道。水面之下，漂动着丛丛水草，使水色绿得更浓。竟有三只玄身水鸭，轻浮其上，带出两翼长长的波纹。真不知它们如何飞越万里关山，找到这儿。水边有树，不少已虬根曲绕，该有数百岁高龄。

总之，一切清泉静池所应该有的，这儿都有了。至此，这湾泉水在我眼中又变成了独行侠，在荒漠的天地中，全靠一己之力，张罗出了一个可人的世界。

树后有一陋屋，正迟疑，步出一位老尼。手持悬项佛珠，满脸皱纹布得细密而宁静。

她告诉我，这儿本来有寺，毁于二十年前。我不能想象她的生活来源，讷讷地问，她指了指屋后一路，淡淡说：会有人送来。

我想问她的事情自然很多，例如为何孤身一人，长守此地？什么年岁，初来这里？终于觉得对于佛家，这种追问过于钝拙，掩口作罢。眼光又转向这脉静池，答案应该都在这里。

茫茫沙漠，滔滔流水，于世无奇。唯有大漠中如此一湾，风沙中如此一静，荒凉中如此一景，高坡后如此一跌，才深得天地之韵律，造化之机巧，让人神醉情驰。

以此推衍，人生、世界、历史，莫不如此。给浮嚣以宁静，给躁急以清冽，给高蹈以平实，给粗犷以明丽。唯其这样，人生才见灵动，世界才显精致，历史才有风韵。

因此，老尼的孤守不无道理。当她在陋室里听够了一整夜惊心动魄的风沙呼啸，明晨，即可借明净的水色把耳根洗净。当她看够了泉水的湛绿，抬头，即可望望粲然的沙壁。

——山，名为鸣沙山；泉，名为月牙泉。皆在敦煌县境内。

苏　童

原名童忠贵，中国当代著名作家。1980年考入北京师范大学中文系，现为中国作家协会江苏分会驻会专业作家、江苏省作协副主席。代表作包括《园艺》《红粉》《妻妾成群》《河岸》和《碧奴》等。中篇小说《妻妾成群》入选20世纪中文小说100强，并且被张艺谋改编成电影《大红灯笼高高挂》，获提名第64届奥斯卡最佳外语片，蜚声海内外。2015年8月16日，苏童《黄雀记》5部作品获第九届茅盾文学奖。2016年12月，中国作家协会第九届全国委员会委员。

60年代是一张什么样的标签

生于20世纪60年代，对我来说没有什么可抱憾，也没什么值得庆幸的，严格地说来这是我父母的选择。假如我早出生十年，我会和姐姐一样上山下乡，在一个本来与己毫不相干的农村度过青春年华；假如我晚生十年，我会对毛主席语录、批林批孔、反击右倾翻案风这些名词茫然不解，但这又有什么关系？所有的历史都可以从历史书本中去学习，个人在历史中常常是没有注解的，能够为自己作注解的常常是你本人，不管你是哪一个年代出生的人。历史总是能恰如其分地湮没个人的人生经历，当然包括你的出生年月。

生于60年代，意味着我逃脱了许多政治运动的劫难，而对劫难又有一些模糊而奇异的记忆。那时还是孩子，孩子对外部世界是从来不做道德评判的，他们对暴力的兴趣一半出于当时教育的引导，一半是出于天性。我记得上小学时听说中学里的大哥哥大姐姐让一个女教师爬到由桌子椅子堆成的“山”上，然后他们从底下抽掉桌子，女教师就从“山”顶上滚落在地上。我没有亲眼见到那残酷的一幕，但是我认识那个女教师，后来我上中学时经常看见她，我要说的是这张脸我一直不能忘怀，因为脸上的一些黑紫色的沉积的疤瘢经过这么多年仍然留在了她的脸上。我要说我的那些大哥哥大姐姐们中间许多人是有作恶的记录的，可以从诸多方面为他们的恶行开脱，但记录就是记录，它已经不能抹去。我作为一个旁观的孩子，没有人可以给我定罪，包括我自己，这是我作为一个1963年出生的人比他们轻松比他们坦荡的原因之一，也是我比那些对“文革”一无所知的70年代人复杂一些世故一些的原因之一。

中国社会曾经是一个很特殊的社会，现在依然特殊。我这个年龄的人在古代已经可以抱孙子了，但目前仍然被习惯性地称为青年。这样的青年看见真正的青年健康而充满生气地在社会各界闯荡，有时觉得自己像一个假冒伪劣产品；这样的青年看到经历过时代风雨的人在报纸电视上谈论革命谈论运动，他们会对身边的年轻人说，这些事情你不知道吧？我可是都知道。但是他们其实是局外人，他们最多只是目击者和旁观者。60年代出生的这些人，在当今中国社会处于承前启后的一代，但是他们恰恰是被边缘化的一代人。这些人中有的在愤世嫉俗中随波逐流，有的提前迈入中老年心态。前者在70年代人群中成为脸色最灰暗者；后者在处长科长的职位上成为新鲜血液，孤独地兀自流淌着。这些人从来不考虑生于60年代背后隐藏了什么潜台词。这些人现在是上有老下有小的一代，同样艰难的生活正在悄悄地磨蚀他们出生年月上的特别标志。这一代人早已经学会向现实生活致敬，别的，随它去吧。

一代人当然可以成为一本书，但是装订书的不是年月日，是一个一个一个一个的人，写文章的人总是这样归纳那样概括，为赋新词强说愁，但是我其实情愿制造一个谬论：群体在精神上其实是不存在的，就像那些在某个时间某个妇产医院同时降生的婴儿，他们离开医院后就各奔东西，尽管以后的日子里这些长大的婴儿有可能会相遇，但有一点几乎是肯定的：他们谁也不认识谁。

赵德发

现任中国作家协会全委会委员、山东省作家协会副主席、山东省作协小说创作委员会主任。至今已发表、出版各类文学作品700万字。代表作有长篇小说《缱绻与决绝》《君子梦》《青烟或白雾》《双手合十》《乾道坤道》《人类世》以及长篇纪实文学《白老虎》等。曾获人民文学奖、《小说月报》百花奖、《中国作家》奖、齐鲁文学奖、泰山文艺奖等。《缱绻与决绝》在第五届茅盾文学奖评选中入围，为25部候选作品之一。长篇纪实文学《白老虎》在第六届鲁迅文学奖评选中进入前十，为提名作品。

白纸黑字

在过去，农村孩子乍来世上，与纸无缘。

一步一步，都不用纸。从母亲的裆间落下，有草接着。草是麦穰，让碌碡轧扁了的，煖煖的，在上面怎样踢蹬哭喊，也不会伤及皮肉。吃了母乳，吃了补粥，要拉要尿了，有褯子接着。褯子是破布做的，软软的，开放程度高，比今天的纸尿裤优越。长大一点，被大人抱着把屎，有看家狗在一边伺候，它紧盯孩子屁股，随时会吃掉从那儿掉下的二手粮食，还会根据主人的吩咐，伸出舌头将那儿舔个干净。再大一点，自己会蹲着排泄了，揩屁股也不用纸，在地上拣一石头，摸一土块，或者撕几片树叶，薅一把草，就基本解决。排泄实现了自理，无论是玩耍，还是帮大人干活，也都与纸不搭边儿。

纸是什么？是识字的人念的书，是会计用的账本，是墙上贴的画子，是门上贴的对联，是有人偶尔使用的信封信瓤，是丧事上用的冥币。这一切，与学龄前孩子基本无关。

学龄到了，要上学了。第一天去学校，手头也还是没有纸做的东西，只需抱一块“石板”。

石板，是那时一年级小学生的必备物件。刚刚入学，写不好字，糟蹋纸张，是不配用本子的。石板呢，随写随擦，最为经济。有钱的人家，就去花五毛钱买一块，再花几分钱买一些石笔。那石板，用石灰岩切成，几厘米厚，长方形，镶了木质边框，如十六开纸大小。石笔，则是一些石灰岩细棒。拿它去石板上一画，便是煞白的一道。

然而石板是奢侈品，当时的使用率，与今天城里人用平板电脑的使用率相似。我记得，我们班四十多个孩子，用石板的只有两三个。这两三个中没有我。我和别的孩子用什么？用陶片。各家的盆盆罐罐，都由泥巴做成，从窑里烧出，经不起磕碰，一不小心就会毁掉。盆底，盆帮，罐底，罐帮，就可以充当小学生的本子。对它们，我们也尊称“石板”。我的“石板”是一个罐底，又黑又圆，像月食时被天狗吞掉的玩意儿。石笔呢，也不必买，山上有滑石，拣来几块，我们的文具就齐备了。带到课堂上，老师让写啥写啥，写满了就擦，用手，用袖子，搞得教室里石粉飞扬。

滑石与陶片的摩擦系数，毕竟比不上石灰岩，我在陶片上写出的字，模糊难辨。看看阔孩子的石板上黑白分明，我心中妒意蓬勃。再者，陶片脆薄，一碰便碎，三天两头就需更换，而家中并没有备用的陶片，只好去井边河边那些极易碎罐子碎盆的地方寻觅。学童所见略同，去那儿淘宝的太多，我往往只捧回巴掌大的一块，容不下几个字，上课时要频频擦除，很是烦人。

我常常想，要是能在真正的石板上写字该有多好，要是能在纸上写字该有多好。

有一天，老师讲课时说了这么一句：“黑字落到白纸上。”我当时的理解，肯定不是原义，是出了偏差。然而，就是这个偏差，让我浮想联翩激动不已：哎呀，黑字落到白纸上，那是多么多么好呀。黑的字，白的纸，这是世界上最完美的搭配呀，就像红花配绿叶，就像蓝天配白云，就像好青年配俊媳妇，就像饺子配蒜泥……

我也要写黑字，而且要写在白纸上！从此，我心中积聚起一股强烈的冲动。

可是我没有白纸，更没法写黑字。身为一年级小学生的我，只能是让白字落到黑“石板”上。

高年级学生是可以的。一旦升入二年级，除了一些穷人家的孩子仍旧用石板，别人都用纸本子。那个年代，三年级以上有“大仿”课，用毛笔，蘸墨汁，字特别黑，让我格外羡慕。我还看见，他们的大仿本，经过老师的批阅，有一些字的旁边会有红圈，据说是因为写得好，老师用红笔做出表扬。这样，我就更加渴望能写出黑字，并且是能让老师画上红圈儿的那种。

然而，一年级的学习生涯却是那么漫长！我越来越厌恶那些凸凹不平的陶片，厌恶那些灰不溜秋的滑石。我向父母提出，能不能给我买纸买铅笔，父母却不答应，说人家上一年级都不用纸不用笔，你怎么能用？于是，我只好继续使用陶片与滑石，继续郁闷地去当一年级小学生。

一天天地盼望，一天天地等待。终于，一年级结束了。放假时老师叮嘱，二年级开学时，每人要交五毛钱书费和学杂费，另外自带两个练习本。我回家向父母讲了这事，父亲点头说：知道了。

开学前两天，我提醒父亲，应该买纸订本子了。他说，明天就买。第二天，他收工回家，果然拿回一个长长的纸卷儿，颜色灰黄，那不是五分钱一张的光连纸，是二分钱一张的包装纸。我梗起脖子抗议：这不是白纸，我不要！父亲拉长了脸吼：白不白的一样用！省点钱吧，你还得交学费呢。我见他发了脾气，就不敢吭声，默默地接过纸卷，在弟弟的帮助下，将这种在代销部里包糖包点心包小咸鱼的纸张，裁成三十二开，订成两个本子。

第二天来到学校，交上学费，发现有不少同学的本子和我的一样成色，便知抠门的不只是我父亲一个，心理才稍稍平衡。我想，练习本不白不要紧，作业本是白的就好。

万万想不到，上课后，老师发下的作业本也不是白的。虽然那是成品，语文练习本印了田字格，算术练习本印了横杠儿，但纸质太差，又薄又灰，且粗糙不平。最让人不可思议的是，纸上竟然有一些字，有正的，有歪的；有完整的，有缺胳膊少腿的。虽然这些字零零星星，但毕竟影响了整洁。问老师这是怎么回事，老师说，这是再生纸。就是把一些废纸打成纸浆，重新造出来的。我呆呆地看着那些残留的字符，猜度这些纸的上一辈子：再生之前，它们是书，还是报纸？上面印了一些什么文章，让什么人读过？

放学后到代销部看看，那儿也有这样的本子，一个卖三分钱。我就纳闷：为什么交上了五毛钱的书费和学杂费，老师会发给我们这种本子？

怀揣着郁闷，用着这样的本子，我开始了二年级的学习生活。我一边写字写数码儿，心想，到底什么时候才能叫我的黑字落到白纸上呀？

我在心里琢磨，作业本要用一个学期，老师是不给换的，可以换的只有练习本。可我也知道，让父亲买白纸，等于与虎谋皮。

怎么办？我想到了自力更生。那时，每天放了学，每到星期天，我都要给家里拾草。到了山上，拾一些草，我便做起了挣钱的勾当。夏天刚刚过去，知了已经死光，但树上还有一些它们出土后蜕下的皮。我知道，那东西叫“蝉蜕”，是一味中药，代销部常年收购。夏天的每一个早上，都有人去树上捡来卖。但我恐高，一上树就害怕，所以从没捡过。而现在，为了能买上白纸，我壮起胆子，手足并用，爬上了树干。

那个季节，知了皮已经被人几近捡光，剩下的都在树冠高处。我发现一个，便战战兢兢，一点点往上爬。爬到高处，树枝摇摇晃晃，我头晕目眩。我抱住树枝镇定片刻，还是继续爬，继续爬，直至伸手取下，装进衣兜。衣兜里有了，还要格外小心，免得挤碎，因为碎了的不能卖钱。

捡一个，再捡一个。爬一棵树，再爬一棵树。我记得，第一个下午，我爬了十多棵树，捡到了七八个知了皮。

再后来，我胆子渐渐变大，收获也日益增多。有一天，我爬上河滩里的一棵枰柳，发现树梢上有一个，就急匆匆扑去。只听“啪”的一声，我突然掉下去，砸在了地上。挣扎着坐起来时，左肩膀剧痛，扒开褂子看看，那儿有大片红紫，且流着血汁。

起来活动一下身体，发现别处没有损伤。抬头看看树梢，心有余悸。我想，我捡的知了皮，够买几张纸的了，算了，不干了。

回到家，我将捡到的蝉蜕归拢到一处，用瓢端着，兴冲冲去了代销部。代销员过完秤说，两毛五，要钱还是要东西？我说，我要白纸！他就数了五张光连纸，卷成一卷，递给了我。这纸卷儿很是粗壮，我扛在肩上雄赳赳回家，像一位扛着钢枪的凯旋战士。

此时，父母还在地里劳作，家里只有弟弟妹妹。我将纸铺在床上，让弟弟妹妹帮忙，一张张扯起，一张张裁开，拿来母亲用的针线，订成了五个本子。

而后，我将铅笔削尖，用舌头舔一舔，万般郑重地掀开其中的一个本子，一笔一画地在上面写：白纸黑字。

杨晓升

现任《北京文学》月刊社社长兼执行主编，编审，曾获国家新闻出版总署评选的“全国新闻出版行业领军人才”称号；中国作家协会会员、中国报告文学学会副会长。著有《中国魂告急——拜金潮袭击共和国》《告警——中国科技的危机和挑战》《中国教育，还等什么》《六月风暴——拷问中国教育》《只有一个孩子——中国独生子女意外伤害悲情报告》《失独，中国家庭之痛》等长篇报告文学及中短篇小说、散文、随笔、评论等各类作品近250余万字。

遥远的春节

时序的春节日渐临近，记忆中的春节却越来越远。

的确，对我来说，儿时的春节是一年中最令人激动的节日。那时候是“文革”，物质极度匮乏。日常生活中每天都无法离开的粮油猪肉布匹肥皂等物资，都是定额供应、凭票证购买。居民每月定量的口粮根本不够每餐吃米饭，只能每餐用少量的米多兑些水煮粥。粥当然是稀粥，水多米少，煮出的粥近乎米汤。好在那时候农贸市场上还有廉价的红薯，一元钱能买十几斤，最便宜的时候一元钱能买到二十斤。红薯切成块煮成红薯粥，粥不那么稀了，红薯还补充了大量营养。及至如今生活水平大幅提高，众人才知红薯原来含有膳食纤维、胡萝卜素、维生素 A、维生素 B、维生素 C、维生素 E 以及钾、铁、铜、硒、钙等 10 余种微量元素，营养价值很高，被营养学家们称为营养最均衡的保健食品，甚至有“抗癌之王”和“蔬菜冠军”美称，我才聊以自慰，感觉物质生活极度匮乏时的那种万幸。当然，这都是后话。

还是回到儿时的春节。

一年漫长的 365 天，除了元宵、端午和中秋等不多的几个节日或平日里偶尔来了重要的亲戚朋友，最幸福的时光莫过于春节，因为春节可以天天吃白米饭，而且可以连吃数天，从除夕到正月初五，天天如此。重要的是还天天开荤，一年中难得一见的鸡鸭鱼肉蛋，还有潮汕民俗中拜神祭祖准备的各色祭品（都是潮汕特色糕点、各色菜馅的米粉粿和各种水果），春节期间也天天可以吃到。馋疯了的人们仿佛报复性地选择在春节期间大吃大喝，直吃得满嘴流油饱嗝连连才甘愿罢休。也许是因为春节意味着吉祥，孕育着希望，再穷的人家也都要竭尽全力倾尽积蓄买回各种年货，让自己的家人吃个心满意足。仿佛这么吃，才会有好头彩、好兆头。仿佛不这么吃，就会被世人小瞧、来年时运不济。

对于小孩子来说，最兴奋的莫过于穿新衣。长年累月，平日里普通人家一般都买不起新衣，春节前则家家户户砸锅卖铁也要给自家的老老少少购置新衣，至少是每人一套，经济稍宽裕的人家每人会购置两套。即使经济所限难以做到大人们也购买新衣，小孩子们肯定是少不了的。因为春节孩子们天天聚在一起玩耍，谁穿新衣谁不穿新衣，那可事关一家人的脸面。贫穷百姓再穷也不能不给自家的孩子买新衣，那时候大都是买新布料自家做或找专业裁缝做。甭管面料好坏，新做的新衣孩子们都会高高兴兴穿上它，心满意足洋洋自得地在小伙伴们当中鲜鲜亮亮地显摆一番，以博取自得与欢乐。春节过后，新衣则成为每个孩子漫长岁月里不可或缺的装着，旧了也穿，破了则补。嫌小穿不进了，则退给自家的弟弟或妹妹继续穿，所谓“新三年旧三年，缝缝补补又三年”就是这个样子。那时候中国还鲜有独生子女家庭，谁家都有兄弟姐妹，旧衣旧鞋的“废旧利用”便无所不用其极，十分充分。从这个角度讲，拥有兄弟姐妹的家庭，穿着最不浪费，也最为环保。这是如今的独生子女家庭所不能想象的。

压岁钱则是孩子们春节中的另一种惊喜。贫穷人家，钱对孩子们来说非常奢侈。平日里，孩子们可不像今天的孩子这样幸福。如今的孩子钱可以随时找父母要，即使孩子不主动要钱，做父母的也会随时关爱有加地问孩子需不需要钱，唯恐孩子没钱出门受委屈，甚至百依百顺要什么给什么。那时候的孩子，平日里衣兜里很少有零花钱，偶尔有几个一两分或五分面额的硬币，那已是父母的极大恩赐，肯定是孩子做了什么好事或父母高兴时偶尔的奖赏。那时候普通百姓的孩子，春节得到的压岁钱也不像如今的孩子，动辄数百上千甚至上万，父母给的压岁钱少则几毛，多则几块，一般都是事先在银行换好的新票子，一角两角五角，一元两元五元，崭崭新新，整整齐齐，不留半点褶皱。如此崭新的钞票，孩子们拿了大都也舍不得花，大都小心翼翼地藏着掖着，唯恐丢失了或被别的孩子偷了，抑或生怕被大人们无意间拿走。有了压岁钱，春节里穿着新衣的孩子，底气更足了，情绪更加高涨了，笑容也更加灿烂。孩子们在一起耍闹追逐嬉戏的笑声，无拘无束，清澈爽朗，让“文革”压抑贫穷的日子有了难得一见的生机。

春节期间，走亲访友是大人们日复一日的节目，当然是要带上自己的孩子。潮汕地区，春节串门走亲访友，给对方的老人小孩压岁钱是必不可少的礼节，当然双方必须是沾亲带故的，要不就是平时来往较多关系较好的挚友。上门做客时，须事先备好红包，红包里装两角四角两元四元不等，多少都有，但必须是双数，意为好事成双。客人给主人家的老人小孩送红包，主人也需要给客人带来的孩子回送红包，礼尚往来，这是人情世故中的一种平衡，也是一种悠久的民俗文化。假若有谁敢打破这种平衡，比如只收礼不回礼，轻者背后会被责骂自私不懂规矩，重者会被世人鄙视冷落直至断绝来往。所以，春节串门带上自家的孩子，既是聚会凑热闹的需要，更是利益均衡的需要。假如上门做客红包只出不进，那可就亏大了。所以，春节上门做客的人一般都会带上自家的孩子，而且对方有多少孩子，自家一般也会带上数量相等的孩子。跟着父母串门做客，孩子们当然也乐意，好吃好喝、热热闹闹不说，还会收到装有压岁钱的红包，孩子们何乐不为？

只是孩子们收到的压岁钱，最终大都要收归父母所有。贫穷时代，经济拮据，谁家花钱都捉襟见肘。春节送出的红包也是平时节衣缩食挤出来的，孩子们的红包如果不上缴，春节一过，家里的生活就更加艰难了。所以，春节孩子们收到的红包，除了留下少许，最终大都得上交家长，家长美其名曰怕孩子弄丢了，交大人“保管”安全。家长当然还有更充足的理由：寒假一过，新学期开始需要买文具交学杂费，压岁钱还不是用到你的身上？如此理由，堂堂正正，孩子们一般也不会辩驳。穷惯的孩子早懂事，谁也不敢奢望压岁钱都会留给自己乱花。即使如此，谁也不能否认压岁钱给孩子们带来的欢乐。

我本人自小生在潮汕，长在潮汕。记忆中，儿时的春节便是在这种氛围中度过的。“文革”中清贫压抑的漫长日子里，只有春节才会让人体味到欢乐，也只有春节才能让人感受到幸福。尽管这种欢乐和幸福相对短暂，却让人向往，让人激动，让人难忘。唯其如此，春节的日子也才弥足珍贵，让人珍惜。

光阴荏苒，时过境迁。随着年龄的增长和社会生活翻天覆地的变化，如今的春节对我来说却已经淡漠，甚至已经越来越远，因为平日里我们都已经不缺吃不缺穿，日常的营养和生活需要早已得到满足。吃喝穿戴，基本上要什么有什么，可以说天天过生日，日日度春节，如此丰衣足食，儿时过的那种春节谁还稀罕？

何况如今的春节，狂轰滥炸的问候短信，应接不暇的朋友聚会，常常让人疲于应付、心生疲惫，以至内心深处反倒抵制春节。

要问如今的我对春节还有什么期望的话，倒是 7 天的长假中或多或少还能让我挤出一些时间读书写作。光阴似箭。日月如梭。人生苦短。平时公务缠身、终日忙忙碌碌的我，渴望有一点属于自己的时间，让自己停下忙碌的脚步，恢复生活的平静，也让灵魂得以稍稍的歇息，身心得以调整、放松，集中精力做一点自己想做的事。这大概就是我如今对春节的一点期盼。

陶泰忠

山东博山人氏，1969年11月入伍，服役于蓬莱守备区直属工兵连其后，先后供职——内长山要塞区政治部宣传处，文化处《解放军文艺》月刊。《三联生活周刊》中国文采声像出版公司……2011年12月退休，曾兼任——中国报告文学学会副秘书长、中国作家协会影视文学委员会委员、鲁迅文学奖报告文学评审委员会委员、冯牧文学奖评审委员会委员、冯牧文学专项基金副理事长、秘书长、中国教育电视台及多家制作机构特邀编审；主要文学作品——有散文、报告文学、中短篇小说发表，与钱刚、李延国、周涛、刘亚洲合作，有长篇散文《东方老墙》出版。

我在天空飞过

我并非戏剧或电影科班专业出身。

文革起始，在读初中二年级，俗称老三届中的67届初中生。

虽说三年后，以高中毕业名义参军入伍，真实的学历教育实则初中二年。

所幸，解放军是一所大学校；更有幸，至1978年末，因了持之以恒的海防部队业余文学创作，被解放军文艺社攫拔进京，成为了《解放军文艺》月刊散文诗歌组的一名年轻编辑。

《解放军文艺》是上天赐予我的大学。

供职十六年，所见，所闻，所读，所学，所识，所思，所经历千般种种，给予内心的文学滋养，编辑训练，创作磨砺，以及融入了彼时并未在意的日常行为习惯——阅读习惯、写作习惯、品评习惯、鉴赏习惯……凡与文学有关的，那些时下看来显得陈年过往、小资小调的，甚而有着几分旧时文人范儿的习惯养成，都应归于《解放军文艺》编辑生涯十六年。

近朱者赤，近墨者手有余香。

我最初加入的散文诗歌组，三间开的偌大办公室，我的对面，右为前辈诗人纪鹏，左为擅写一手秀美小楷的耀成君，左手办公桌，依次是报告文学家袁厚春、小说家王中才、诗人雷抒雁。西侧办公室是晋察冀走来的老八路张文苑，东侧办公室，依次是诗人李瑛、社长胡奇——著名儿童文学家，也是一名延安老战士。再是作曲家田光——奉献了一首《北京颂歌》的可敬老人。

还有，上知天文、下通地理的百科奇才，我一直引为师长的吴之南副社长；曾与我暂栖集体宿舍，每每谦和示人，事事严以律己，最初的凌组长，后来的凌社长；我一度的对门邻居，一辈子都在同人间不平抗争的前辈小说编辑刘家驹；与我父亲同庚的新四军老兵，我至今敬为父辈的王传洪社长。其继老社长胡奇、李瑛之后，主持解放军文艺社工作四年，给一代年轻编辑留下的却是不止十年的文学能量。

一个很纯粹，很干净，有着几分理想浪漫色彩的文学梦想，在耳濡目染中，被悄然根植心中。时光已然远去，至今仍忘不了黄寺幼儿园那栋独立二层小楼、及后来迁入的西什库甲三号二楼三楼办公区，因了一份文学的执著而鼎沸的楼上楼下……谈笑有鸿儒，往来无白丁。天天，月月，年年，心无旁骛的被文学熏染着，裹挟着，推动着，前行着……

忝列这样一支星光熠熠的军旅文学编辑队伍，身前身后每一位都是父兄前辈，左挽右携每一位都是文学指导老师……休戚与共一十六年，怎不胜过本科四年、硕士三年？谁又不羡慕这所没有大学名头却声名远播的军旅文科大学！

虽然，供职《解放军文艺》月刊期间，也曾随波逐流文凭大潮，熬出了一纸刊授大专文凭，后又熬出了一纸在职研究生文凭，我依然认为自己的在校教育仅完成了初中二年。这是事实，这样说并不丢人。

时局弄人。我们是被误了正常学业的一代人，是被号召上山下乡、就业务工、参军入伍，或蹉跎了青春，或以非正常方式书写青春的一代人。

我身在其中。所幸，自己有过九年海防部队生活体验，有过十六年《解放军文艺》编辑岗位磨砺。

幸耶，不幸中大幸耶？

丰厚的文学积淀，是终身受用的艺术源头活水。

影视文本批评，戏剧文本评定，舞台、荧屏作品鉴赏，门类种种，万变不离文学初衷。只要你具有足够的文学经验，足够的写作体验，足够的文学解读能力，再有足够的专注与真诚，对一部影视文本或影像作品，作出客观、公正、准确的评定并不难。判断，是一种实践的理性和智慧，是在洞悉了人物、情节、故事后，对戏剧呈现中的起承转合、轻重缓急、浓淡深浅的一种总体权衡。

自然，从文学到影视，到戏剧，需要补课。

不过那多止于技术层面，是戏剧规律、编剧技巧范畴的课程。比如戏剧场景的调度，台词的个性化、功能化，借台词刻画人物、完成叙事，及戏剧节奏把握、戏剧氛围营造、戏剧调性统一……其实，曾经的小说阅读经验、小说写作经验，在此均可举一反三，触类旁通，直至一通百通。

作别《解放军文艺》月刊，供职一家音像出版社。

电视剧制作是其业务之一。自此，我开始了从文学向影视的跨界转变。

前一个十年，一直处于这种自觉不自觉的转变中。

按说，有过十六年文学期刊编辑岗位历练，对一部二十集或三十集电视剧本做出高下判断并不难。

难的是你要一一发现其短板，缺失，疏漏；

难的是你要寻根刨源，一一找出其症结、病灶何在？

难的是你须一一给出删减、堵漏、重拟，或另行设计的调整思路。

你的工作岗位，决定了你是一名剧本责任人，而不仅仅止于一名剧本评论家，剧本讨论会发言人。

一是找准问题，二是给出方法，三是打开思路，此三点，剧本编审缺一都不能算作称职。

由表及里，由浅入深。工作着，见识着，学习着，积累着，成长着……只要你是一名有心人，从文学向影视的跨界转变，不见得非重返专业院校深造不可，不见得非回炉再去熬一份影视专业学历不可。实践中没有文凭，实践中却有真知，灼见，顿悟，升华，有外行变内行的必然路经。

何况，你所阅读文本的著作人，其中不乏能工，巧匠，奇才，高手，说不准眼前的哪一位无名新秀，哪一年就会拔地而起，一跃成为参天大树、一代宗师！

随时随地，向身边每一位编剧学习，每一位制片人学习，每一位导演学习，是完成文学向影视跨界转变的最可行、最有效的方法。

宝爷的一套《大宅门》导演工作本，曾在我办公室的书柜里搁了整半年。

是心勇兄引荐，去宝爷家拿到那一套文本的。不记得多少集了，只记得厚厚一摞，是那种旧式十六开纸，用针式打印机打印，有表格框的横排本。

宝爷同我约定，以六个月为期限，我方能拍则拍，不能拍自动放弃。

双方没有半纸合同，可见宝爷给予了怎样一种信任。

这套《大宅门》工作本，是宝爷呕心沥血之作，是宝爷半生影视经验的厚重积淀，得以一遍遍捧读，甚而闻得到些许墨香，窥得见微微泛黄的页面上一排排汉字的跃动……回味，品评，揣摩，个中收益、惠泽，远不是仅仅学习二字所能涵盖的。

约定时限一到，宝爷来了电话。我爷俩三言两语哈哈罢，我与《大宅门》自此擦肩而过。记得是在六月末，岁在 1997。

我供职的音像出版社无缘走进《大宅门》，我经由《大宅门》引领，却向着影视文本研读跨近了一大步。

约在2000年初，我原供职的解放军文艺社老社友，保存老弟给送来了刚刚出版的新书《亮剑》。保存的本意是推荐都梁小说参评冯牧文学奖，可该奖只评作家不评作品。《亮剑》未能入围冯奖，我近水楼台，得以先读为快，一连熬了两个大半通宵，读罢，数日意犹未尽。

《亮剑》电视剧文本的改编，几经辗转，止于南京军区作家江奇涛笔下。

在与奇涛的一次通话中，说及其手头改编，我小说阅读余兴还在，一番感慨后，建议一二：抗战时期故事好看，可泡开了写；淮海战役后，戏剧少了动力，似可收官了。冲击金门一事别去碰……

奇涛的《亮剑》改编完成，搁浅。

期间，经由海润影视印了一本小册子。

一份业内征询意见稿，我办公室也存了一本。可惜，不记得被哪位编剧朋友拿走了，至今无下落。宝爷的那一套《大宅门》工作本，倒是知下落，可那是你自己送出去的，又如何要得回来？是一位执著于编剧行当，又迟迟不得法的友人，我说你回去读读宝爷的这套工作本，看看人家的剧本是怎么写的。

如是，宝爷的《大宅门》工作本，有下落，无回音；奇涛的《亮剑》改编版油印本，再无下落，永无回音。

《大宅门》于2001年4月央视一套播出；

《亮剑》于2005年8月央视电视剧频道播出。

两部戏，均生大反响。

其后，我供职的出版社，所属制作中心策划了新剧目：《乔家大院》。

其艺术总监梁凯程委托我代为推荐编剧，我介绍了吉林作家高光。

高光上手快，羁绊来的也快。其早已脱稿的《孔子》剧本，送审途中，改改停停，没完没了。不得已，高光作罢，再邀海军作家朱秀海介入。

我与凯程兄、乔大姐——该项目主要发起人，乔氏七代长孙女乔燕荷，陪同秀海赴晋中祁县采风。自此，《乔家大院》文本创作启程。

秀海一路畅通，大纲过关，剧本脱稿，而凯程主持的制作中心，此时却迫于融资压力，不得不将《乔家大院》项目转让。

接盘方非影视业界机构，却有明白人，派出的操盘手更是明白人，刚刚二度入选全国电视剧十佳制片人的孟凡耀。

凡耀邀康洪雷出任《乔家大院》导演，转让合约签罢，意外又生。康导工作团队老搭档，知名剧作家桂雨清猝然早逝。凡耀有项目回转能力，却无力助康导即时走出情份困境，遂请来了胡玫导演。

胡玫加盟《乔家大院》，秀海手头的文本最先受益。

自张家港饭店，一间小茶座确定工作日程始，先上康城，后公主坟新兴酒店，胡玫说，秀海记，我旁听，间或凡耀也来加入。早九点开始，中午不休息，至晚饭前撤，持续近一周。

一周下来，听者先自累了，何况天天不停的说者？

胡玫一集一集说，逐段逐段捋，开篇则一场一场把戏码出来。其实，人物、情节、细节、场景等都是秀海早已备好的，胡玫的高明之处是用已有食材、佐料，烹饪爆炒一番后，让原有戏剧文本变一种味道，换一种节奏。

秀海心领神会，回家闭门谢客，三个月后文本焕然一新。

我则由开初的策划人，变成了局外看客，静观各路高手如何一步步相互走近，屏息，凝神，蓄势待发！

乙酉年正月初六，雪霁，《乔家大院》在祁县开机。

一年后的正月十六，《乔家大院》在央视一套与受众见面。

《乔家大院》同《大宅门》《亮剑》一样，都是跨入2000年后，前六年最受瞩目的电视剧目，也是我经历过，投入过，受益匪浅的电视剧目。

世间不少事情，遇上了即是缘分，参与了更是福分。

或台前，或幕后，或主角，或配角，或配角的配角，均是机缘使然。

重要的是，面对天降机缘，你有没有懈怠，有没有愧对，有没有虚度光阴？你有缘其中，是不是真正有所悟，有所得，继而滋润了慧根，通畅了七窍？

至于，你并非主角，并非置身前台，并非千般荣耀于一身……三五年后，谁不笑说过眼烟云？那么，十年后，三五十年后呢？

泰戈尔有语：天空不留下鸟的痕迹，但我已飞过。

已飞过。足矣。

情缘

QING YUAN

周　涛：一匹难忘的猪
高洪波：找命
贺捷生：鸿蒙初开的日子
张　炜：人生绵长
冯骥才：白发
薛　佳：一瓶酒

（文字统筹 / 朱小平）

周　涛

当代著名诗人，散文家。祖籍山西，生于北京，1955 年迁居新疆。现为兰州军区创作室主任、一级作家，新疆文联副主席、作协副主席。代表作有诗集《神山》《野马群》，散文集《稀世之鸟》《游牧长城》《兀立荒原》及散文《巩乃斯的马》《哈拉沙尔随笔》等。

一匹难忘的猪

我起了床，在院子里刷牙。天气十分晴好，阳光刺目而又温热。屋外裸露着泥土的墙根，已经蒸腾起“日照香炉生紫烟”般的热气。春天的农家小院里，充满了生气。

我家的院墙是用各种荆柴和树枝围起来的。猪圈和鸡窝并排垒在右墙角下，左边是菜畦。猪圈里只有一头猪，是半大的小猪；鸡窝里有十几只鸡，母鸡居多。靠窗的房檐上有参差不齐的木椽子伸出，其中有一根较长的木椽子上用粗绳悬吊着一只篮子。

刚刷完牙，就见到一只母鸡咯咯地叫着，急着要下蛋。那褐黄母鸡东张西望，似乎有些犹豫，偏起脑壳想了想，终于下了决心。一跳，先上了鸡窝顶；然后鼓足勇气扑喇喇扇着翅膀飞起来，一下竟飞了十几米，奇迹般准确地落进了粗绳悬吊的篮子里！篮子在房檐下晃来晃去，那只鸡，却安详地卧下去，悠然自得地下起蛋来，像个吊床上的产妇。

这不把鸡养成篮球了么？我想，而且还投得挺准，每次总能留下一粒鸡蛋。我母亲不是一个幽默的人，而且没有这种创造性，她老人家怎么想出了这么奇妙的养鸡绝招呢？我一问，母亲也笑了，说："咱家的鸡呀，就是怪。放着鸡窝不下，偏要飞起来高空作业。那个篮子就成了专门给它们下蛋的啦，还引得别人家的鸡也飞进来下。"

"村里人也都说周老大家是怪，"母亲又说，"养啥活啥。夏天闹鸡瘟，家家死鸡，就是周老大家的鸡非但不死，还飞进篮子里下蛋。掘上个猪娃子吧，也精神得不行，长得还比别人家的猪漂亮。别人的猪都卧在地上哼哼呢，周老大家的猪娃子一向就在门口坐着，和狗一样！"看得出，母亲为此显得非常幸运和自豪。当然，一般说来，猪没什么了不起的——我也这样认为。蠢猪，脏猪，猪猡！猪很难让艺术家产生爱而把它塑成青铜雕像矗立在中心广场，它只能作为猪排以佳肴的形象被端上盛宴，让人们用舌尖品味、牙齿咀嚼、肠胃欣赏。人们吃它，但是瞧不起它。这真是个倒霉的东西，在人眼里，它只是一堆能活动的、会哼哼唧唧的肉！比如我吧，吃了它们几十年了，要算笔账，恐怕至少吃掉几百头猪是有的了。但吃得有滋有味，吃完了照样蔑视它，从来不屑于区分它们之中的任何一个和别的有什么不同，更不会记住被我吃掉的是哪一头猪。猪还有个性吗？猪就是猪！就像白菜就是白菜，花生就是花生一样。

但是这家伙——在我刷完牙回屋拿起一本书时——发现随在母亲身后堂皇跨入的竟是一头猪！我觉得这简直是乱了朝纲，起而轰之，那小黑猪噘嘴瞪眼，坚持不走，小眼睛一直以轻蔑的神情注视我，不时发出哼哼声，好像不服气，在哼哼着说：你算老几？你有什么权利撵我？

母亲说："让它待着吧，已经惯出来了。"惯？我们从小就是母亲惯的，怎么它也叫"惯"？这一个字，突然使我意识到了这头小黑猪在这个家庭里的重要地位。两位老人被发落到这里，平时儿子四散，孤独凄凉，膝下养了这么个大活物，也是一份生趣。难怪惯养得和猫狗一般呢。

拿这眼光一看，果然这猪是不一般了。它浑身黑亮，皮毛干净，身躯滚圆憨厚可爱。和周围的猪一比，简直超群脱俗，称得起有几分俊秀了。我几乎怀疑它是猪八戒家族的嫡传子孙了，很快就喜欢上了它，叫它"黑猪"。父亲也很喜欢它，只要端出盆来给它拌食，它就兴高采烈拿头拱人的腿，像狗一样摇尾巴，欢蹦乱跳地围着人转，就差不会喊口号了！何况它还小，小东西即使是猪也一样天真烂漫。

闲居无事，便和弟弟到村外一条小溪沟里捞鱼玩。溪不宽，一步可以跨过；也不深，手臂可以触底。可喜的是水极清冽，人在溪边走动，可以看见惊起的泥鳅在水草里四窜。于是我们制成捕蜻蜓用的三角网，提一个桶，在溪边消磨一上午时间，便能捞半桶泥鳅。可是这指头粗细的小鱼没经济效益，提回家里，养之无益，倒之可惜。一打眼瞅见小黑猪百无聊赖地瞎转悠，突然来了主意。

拿出一条泥鳅，扔过去，在它嘴前蹦跳。它嗅嗅，抬起小眼睛望望我，满心疑虑，不吃。再扔一条，还是不敢吃。看来猪不杀生。那好，把它的食盆拿来，倒点汤食，然后抓一把泥鳅放进去。泥鳅游窜在汤食里，小黑猪吃起来。吃着吃着，它突然一愣，边嚼边抬起头来，看那盆，隐隐有波动者，便扎进嘴去追。咬住一条，就摇头晃脑，有时不小心泥鳅又钻回水里，它就喷着气再捉。它尝到了味道，吃得汤水四溅，呱呱作响，嘴巴伸在汤水里不时地猛抖，逗得全家人哈哈大笑，好像在欣赏表演。不一会儿，一盆泥鳅告罄。

捞鱼这件事，一下就因为小黑猪而从无意义的闲玩变成了有意义的劳动。我们便每天去溪边捞泥鳅，把喂猪当成一天中最精彩的观赏节目，弄得周围的农民感到不解。他们议论说："周老大家用活狗鱼子喂猪！”

后来母亲说喂鱼喂出毛病来了，小黑猪不管吃什么，都要翻江倒海瞎折腾，以为有鱼，结果弄得撒食。有一天，父亲被分配去队里看场，远远望见一群猪成进攻队形缓缓移来，渐近，父亲猛地一声吆喝。见有埋伏，猪群纷纷向后逃窜，独有一猪，不但不逃，反而泰然行至队前带头，边走边回头哼哼，猪群马上重整队形跟随而来。父亲细看，原来是我家那头小黑猪，它不慌不忙，胸有成竹，不断回头用猪语鼓励同伙，自己却故意表现了一种随便而大方的样子，像人在请客做东时的样子差不多，它表现了一种猪的潇洒和庄重。好像它认定，它的主人看场就等于今天它请客。这显然会使它在猪群中的地位迅速得到承认。不料，父亲虽被开除了党籍，却仍然满脑子的大公无私，在小黑猪即将被确认为领袖的关键时刻，一点面子也不讲，坚决地用木棍把它们轰走了。

这使小黑猪很委屈，用了一天半的时间对父亲表示疏远和装不认识，大概它想不通这件事为什么那么不通猪情。父亲把这件事告诉我们，大家都很奇怪，说猪蠢是没道理的，猪连后门都会走，这几乎已经达到了人的相当智力水平了。

可惜的是，我在吉木萨尔只住了十几天，没有能更深入地了解这个油黑发亮的偶蹄动物丰富的内心世界。临行那天，它竟像一只狗那样尾随着我走了好久好远，小眼睛里充盈着对泥鳅贪婪真挚的怀恋。

之后若干年里，我们家的人还谈起它，这是唯一的一头我们自己喂养大的猪。提起它，我对猪所怀有的厌恶心理就不知不觉地消失了。虽然它早已被吃掉几十年了，我却仍然觉得它还活着（精神不死？），活在吉木萨尔农村我家住过的离马厩不远的低矮农舍院门口。

其实猪是挺有意思的，假如你了解它。难怪哈里·杜鲁门曾宣称：“不该允许不了解猪的人当总统！”为了在这篇纪念猪的文章里显得庄重些，我特意对它用了“一匹”。

高洪波

笔名向川，诗人、散文家，1951年12月生于内蒙古。1988年毕业于北京大学中文系。1969年应征入伍，曾任陆军四十师炮团战士、排长。1971年开始发表作品。1984年加入中国作家协会。1978年转业后历任《文艺报》新闻部副主任，中国作家协会办公厅副主任，《中国作家》副主编，《诗刊》主编，中国作家协会创联部主任、书记处书记。中国作家协会全国委员会委员。现任中国作协副主席。

找命

“命中当有三千贯，不向人间使小钱。”人的命，天注定，故而命其实是很无奈的事。

不同的人，有不同的命。

银行家以货币为命，日进斗金，则命运通泰；武术家以宝剑为命，一剑在手，气冲牛斗，舞剑时的感觉，端的生机勃勃；文人以写作为命，人生苦短，其乐无穷，乐在伏案写作爬格子之中，一笔在握，睥睨天下；此外尚有各种各样的“命相”，农夫以牛犁为命，兵士以武器为命，数来宝的江湖人，以那块牛腿骨为命，拉提琴的乐师，自然视自己那把小提琴为命，形影不离。

收藏家们，以自己最珍贵的藏品为命，如米芾的宝晋斋，以晋人法帖为命；清朝纪晓岚，便以自己收藏的一批名砚为命，人亡、物存，故事也一代代传下来。命，有时与人的肉体同存，有时又超乎于时间与空间，故而命是一种很古怪的东西。

没命，自然是一种极可怕的事。找命，须有一个没命的前提——看到此处一定有挑剔的读者指责我矫情，你他妈活得有滋有味儿的，凭什么胡侃命不命的？！

此命非命，非命亦命。找命之说，纯粹源于一个叫李渔的夫子。李渔撰一小品《水仙》，劈头一句：

“水仙之花，予之命也。予有四命，各司一时：春以水仙、兰花为命，夏以莲为命，秋以秋海棠为命，冬以腊梅为命。无此四花是无命也；一季缺予一花，是夺予一季之命也。”

敢情李渔嗜花如命，一年四季离不开有特色的花卉。像李渔这种明明白白的提法，在我是首次读到。那一时代本应视科举功名为命，兼济天下为本，李渔偏偏不肯随俗，宣称自己以花为命，颇有几分逆潮流而动的傲岸之气。

我的“找命说”盖源于此，说得再明确一点：找水仙。

水仙是一种妙不可言的花，这不仅仅是因为她的幽香、她的生命周期贴近春节、她的随遇而安的温顺性格，也不仅仅如古人称道的“叶如剑，茎如兰，房如黄冠，根如夜合，绿如芭蕉，然沉郁，白如轻罗，然芬泽，香如腊梅而温，如芙蓉而冽”。水仙就是水仙，为别一花种所不可替代。照我看来，水仙如聪慧美丽的女性，脱俗、练达、善解人意，她不会用甜腻的花香去诱惑你的嗅觉，更不屑用缤纷的色彩去扰乱你的目光，她与你遥遥相对，保持一个恰到好处的距离，近则亵，远则疏，不远不近，当你的感觉委顿时她提醒你振作，当你困倦不堪时她安抚你的灵魂，你的视线只要与她略一碰撞，那溅起的火花足够燃烧相当一个时期，故而古人张大复这般界定：当是梅花嫡派，在女中为丈夫。

将水仙视为“女中丈夫”，是绝妙且又绝高的评价。须知古代流行的观点：唯女子与小人难养也。

我种植水仙已足有十年的历史。每年冬季，福建的友人们便不失时机地捎来几头水仙块茎，同时也捎来漳州的浓郁的春意。漳州水仙装饰着我所居住的城市枯燥乏味的冬季，给无数家庭以碧绿的幽香，以莫名的惊喜，我的家庭自然也属于这一种类型。而且渐渐养成习惯，没有水仙，便没有了春节的气氛！偏偏今年促狭，到了年关，居然没有等来一头水仙，惶惑之中，真有丢命之感。于是下决心到市场上寻觅，力争买几株水仙进室，借她们的风姿，唤起春的感觉。

可惜找到几处花店，均没有中意的品种。正无奈时，一位亲戚有朋自漳州来，捎来两盏待放的水仙，这亲戚知我嗜好水仙，便慨然相赠一盏——于是，在旧年的最后一天，一盏亭亭玉立的水仙，捧着玉玲珑和金盏银台两样绝美的花儿，走进了我的房间，春意和生命的欢欣，齐齐地弥漫开来，而新年就在这盏水仙的呼应下，悄没声儿地踱进了我的生活。

从来珍爱水仙，但从来没有像今年这样珍爱。昔日水仙花，一种便是十来株，凡能觅到的盆儿盂儿盏儿，都植得满满；而今仅仅一盏两株，有千里地里一棵苗的味道，而且她来得那么及时、那么凑巧，更值得我百倍怜爱珍惜。冥冥中，是司春之神的关照，也是怜我对水仙一片痴情，否则何来这盏千里之外的馈赠，伴我度除夕？

找命的好事，就这么简单。不过是大年三十获得了一盏平凡的水仙花，可我却从中悟出了许多人生的况味。视水仙如命的境界，我其实没有达到，今后也不可能达到。古人李渔与张大复的雅兴，乃是真正意义上的雅兴。我与水仙，已结十年缘，今后还将续下去，或许有一天水仙真的成为生命之必需，宁可食无肉，不可居无竹似的，须臾不可离。到得那时，人花合一，可能反倒不说什么命不命的了。

贺捷生

生于1935年11月1日，贺龙之女，湖南省桑植县人。中国人民解放军少将，军事科学院军事百科研究部原部长，军旅作家。《父亲的雪山，母亲的草地》获人民文学奖优秀散文奖。《父亲的雪山，母亲的草地》全票摘得第六届鲁迅文学奖散文杂文奖。

鸿蒙初开的日子

寄养在洪江的第三年或第四年，养父瞿玉屏见我长到了六七岁，该发蒙了，急着送我去读书。但不敢送国立学校，因为洪江是国统区，而我父亲贺龙却在陕北那边，是共产党赫赫有名的将领，闹红的时候在湘西杀过不少人，要是让他们的家人知道贺龙的女儿就寄养在湘西，非把我生吞活剥不可。怎么办呢？养父考虑再三，决定送我去读私塾。

行伍出身的养父，此时在经商，但他乐善好施，骨子里是个兼济天下的人。他做棉纱生意，对洪江出货量最大的木材和桐油也很感兴趣，与家住在澧水江边一个姓刘的木材商保持多年来往。刘姓木材商租下江边一座老宅，把后院多出来的几间厢房让给了一对外地逃难来的父女住。那对父女，父亲是个老先生，足不出户，全凭教人读书写字度日；女儿老实本分，在父亲的影响下略通文墨，是个很有教养的姑娘。养父在与刘姓木材商的交往中，捎带认识了这对父女。看到父女俩生活不容易，以后再去刘家大院，都会带点粮食和肉去接济他们。有了这种情谊，养父想，先请老先生给我上上课，这样既不会暴露我的身份，又能让我认几个字。

养父和朋友合伙，在离洪江不远的安江开公司，十天半个月才回来一次。送我去江边刘家大院拜师那天，他一大早起来，领着我从自家的塘陀巷宝庆馆，穿过大半座小城，呼哧呼哧地往江边走。因为发蒙读书是人生的一件大事，拜师的时候手不能空着。他带着的礼物是左手一大扇肉，右手一只沉甸甸的篮子，篮子里装着糕点、水果和给老先生定做的一双新鞋子，还有一只鸡。沿路上，那只鸡不断地从盖着篮子的一块红布下探出头来，“咯咯咯”地叫。

没办正规的拜师酒，但见到老先生，跪还是要下的，头也是要磕的。当养父喊我跪的时候，我不知道这是礼仪，迟疑地望着他。老先生坐在太师椅子上说，这么小的孩子，免了吧，免了吧。可养父没有迁就我，还是让我跪。他回答老先生说，酒席免了，当众拜师也免了，这跪拜不能再免。一日为师终身为父啊！说完，自己也跪在老先生面前，说老先生，孩子瘦弱，胆子又小，现在我把她交给你了，请你老多费心。然后把头磕在地上，咚的一声响。

老先生是碍着养父的面子，才答应收我这个学生的。养父请他教我，读的虽是私塾的性质，却不照搬私塾的章法。因为他给我上课，必须视养父是否回洪江而定。养父告诉老先生，我每次去上课，他都要亲自送，亲自接。他有事在公司回不来，这课就不上了。正规的私塾教育，应该是风雨无阻，也没有寒暑假一说。老先生教我的东西，也不是通常的《四书》《五经》，还有《千字文》《百家姓》《增广贤文》什么的。而是自选课程，并不与国立学校衔接。

我记得清清楚楚，当养父把我送到老先生面前时，他都不知道该教我什么。大概也是权宜之计，养父想了想说，就教她精忠报国吧。因为当时正值全民抗战，我爸爸妈妈都在前线打日本人，而且养父自己也是军人出身，所以他几乎未经考虑，就为我选定了课程内容。事后我想，他肯定是出于对我父母的尊重，希望他们的女儿从小有报国意识。

老先生便教我《孔雀东南飞》《木兰诗》和岳飞的《满江红》。

单独面对老先生，我如坐针毡，心里七上八下的，眼睛怕看又忍不住往厅堂正中的供案上看。看着看着，瓷板画像里的人动了起来，吓得连气都不敢喘。老先生拿起桌上的戒尺，"笃笃笃笃"地敲打桌面，说，看么子看？把心用在书里，再看我打你的手心！

幸好老先生的女儿也在厅堂里坐着，每天和他形影不离，不是在一旁缝缝补补，就是蹲在天井边洗衣服。只是动作极轻，像害怕打破瓷器那般害怕打破屋里的寂静，干扰她父亲教我念书。也亏得有老先生的女儿在座，待在宽大昏暗的厅堂里，我才不会紧张和恐慌得哭起来。

想不起来是姓兰，还是名字里有个兰字，养父让我叫老先生的女儿兰姐，我就一直这么"兰姐兰姐"地叫她。

兰姐二十八九岁的样子，性情温和，像平静流淌的一泓溪水，说话细声细语。两只手白白的，软软的，有那么点书香门第的模样，却没有书香门第的命；长得不算好看，也不难看，但身体匀称，健壮，头发梳得纹丝不乱；常年穿着的那件蓝印花上衣，把她青春勃发的身体撑得凹凸有致，此起彼伏。不知她跟随老父亲从长沙还是从常德流落于此，说来也是个潇潇湘女，可一点儿也看不出湘女的那种刚烈和热辣。

老先生见我年纪太小，程度又浅，有些失望，也有些无奈，束手无策中，一个哈欠上来，眼睛便睁不开了。接着他咕哝一声，趴在桌上睡着了，喉咙里发出嗞儿嗞儿的哨音。

我两眼茫然，坐在一旁的兰姐抬起头对我笑笑，马上放下手里的针线活，轻手轻脚地走到我身边，打着耳语对我说，小妹妹，别见怪啊，老人家年纪大了，盯不住，先让他睡一会儿吧，接下来我教你习字。她很熟练地从靠墙的一张桌子上取过毛笔和砚台，放在我面前，俯身捉住我的手，让我对照书里的繁体字，一笔一画地往纸上写。

我写得极费劲，兰姐捉住我的手还好些，一旦松开，那字便写得天上一笔，地上一笔。繁体字的笔画多，结构太复杂，我怎么用心写也写不好，总是笔画叠笔画，有的简直不成字，像鬼画符。

兰姐不急，很有耐心地端正我的坐姿，教我如何运笔。对那些复杂难写的字，让我停下笔，伸出手掌，在我的掌心里一撇一捺地写一遍，再让我自己练习。由于不得要领，几个字写下来，我已是满头大汗，她早准备了一条手巾，帮我擦去额角和脸颊上的汗珠。

从这开始，兰姐和我越来越亲近。在她面前，我渐渐地有一种回到亲人怀抱的感觉。到后来，我再叫她兰姐时，就像叫自己的亲人。

“呀！小妹妹，你头上怎么长虱子了？”有一天，俯身站在我身后的兰姐，突然失声叫道。说着她松开我的手，贴近我的头发嗅了嗅，接着说，难怪呢，头发是馊的。你有多久没洗头了？

我当时太狼狈了，红着脸，不知道该怎样回答她。虽然才是个六七岁的小姑娘，但我已经知道害羞了，懂得头上长虱子是件见不得人的事。可我不敢告诉兰姐养母不管我，别说给我洗头，就连她自己的头也是乱蓬蓬的，像个鸡窝，只有在出门时才会勉强收拾一下。

以兰姐的心细，我相信她很快就能明白我是个缺少母爱的孩子，只听她轻轻地叹息一声，说先出去一下，马上就回来。我这时才感到头有点痒，像有许多小东西在爬，连忙伸出手去抓，自然越抓越痒。

兰姐回到厅堂，见我两手在头发上乱抓，眼里湿湿的，说，别抓别抓，让姐姐来帮你。然后把我按在一张椅子上，自己搬来一条板凳，坐在我身后，用一把密密的梳子帮我梳头，梳一下让我看一眼。

连同头皮屑，梳子上梳出许多白白的粉状东西，那些细小的颗粒在匆匆移动，看了让人头皮发麻，浑身起鸡皮疙瘩。兰姐说，小妹妹，你看你看，这么多虱子在咬你，吸你的血，头能不痒吗？

估计时间差不多了，兰姐说，走，到院子里去，姐姐帮你洗洗头。我走到太阳底下，她从厨房里一只手提来半桶热水，另一只手端着一个木盆，木盆里放着手巾和包在帕子里的皂角。我当即醒悟，兰姐刚才说出去一下，原来是去厨房给我烧水洗头。

把水倒进木盆里，兰姐试试水温，让我趴在木盆的边沿，低下头，把头发浸泡在热水里，帮我反复地揉，反复地搓，又用梳子反复地梳。水有点烫，又正值盛夏，我热得汗水淋漓，但只能咬牙坚持。她不断问我，烫吗？水烫吗？马上就好了。又说姐姐不诓你，洗完就舒服了。哪有小姑娘家家的，头上长虱子的？

洗完头，我真就不觉得痒了，有种从未有过的清爽感。

养父来接我的时候，兰姐已经帮我把头发梳得整整齐齐的，像模像样的，还找出两根红头绳给我扎了羊角辫。养父的眼睛一亮，说，哇，这是谁家的小姑娘呀，打扮得这么漂亮？然后面有愧色地向兰姐道谢。兰姐说，这有什么呀，我喜欢小妹妹，她真乖。

从此我每次去刘家大院上课，兰姐都要给我洗头，梳头，扎羊角辫。说话间夏天到了，天气炎热，但兰姐家用的是井水，即使在正午打出来也很凉。她怕我感冒，每次都打好一桶水，先放在烈日下晒，让它回温。课上得差不多了，再给我洗头。这时桶里的水清凌凌的，不热也不凉，浇在头上特别舒服。

还不止这些。去上课的次数多了，兰姐事无巨细，什么都为我着想，好像我真是她的亲妹妹。鞋子破了，她给我做鞋；袜子露出脚趾头了，她给我补袜子。自从有了兰姐无微不至的照应，我再也不惧怕去江边的刘家大院上课了，面对老先生心里也不觉得忐忑。如果养父在公司被事情拖住，回不了家陪我去上课，我便会烦躁不安，像丢了魂似的。

可是，好景不长，这样的日子不到半年，养父就把塘陀巷那个独门独院多出来的几间房子，让给了从外地逃难到洪江来的两户人家住。这两户人家，其中一个没有任何家眷，只身从福建逃到洪江，是个国文老师；另一家的户主也是老师，在国统区教音乐。养父选中他们，不收他们的租金，意在换取他们教我读书。养父的这个安排，日后回想起来，可谓用心良苦，皆大欢喜，首先是给我找到了不出家门就能上课的家庭教师，其次是他们自己也有了安身之处。

不用再去刘家大院上老先生的课，唯一让我不舍的，是离开了兰姐，再没有人给我梳头，给我缝补浆洗了。因此，即使有新的老师，有我喜爱的新的课程，我也常常怅然若失。

张 炜

1956年11月生于山东省龙口市，原籍山东省栖霞市。1975年开始发表作品，现已出版作品一千余万字，在海内外出版单行本二百余部，译成英、德、日、法、韩等多种文字。作品五十余次"获奖。代表作有长篇小说《你在高原》《古船》《九月寓言》《外省书》《丑行或浪漫》《刺猬歌》等。

人生绵长

人的一生也不过三万天左右，是长还是短？是难还是易？每个人感觉可能有所不同，但大致还是能同意一个说法，即人是匆匆过客。可是，三万多天即便匆匆，过下来也并不容易。每个人一生的经历都像是一部内容丰富、跌宕起伏的大书，绝不会枯燥得没有看头。人活在这个世界上，无论成功或失败，实际上都是一次长长的苦恋，从对这个世界的相识到相处，从满目新奇到见怪不怪，其中，包括了兴致勃勃的投入、热烈忘情的追求、剧烈严峻的冲突，再到一点点冷寂下来，再到最后的分别，就是这么一个过程。

物质的世界让人活下来，人的一生都要处在物质的追求中，从来不会停止。人会以各种方法去追求物质，并且会为这种追求而满足和喜悦，或者是痛苦失望。

千变万化的物质世界，对人来说是处处神奇的，要最终赢得这个世界，那正是人的梦想。对于有些人来说，世界上的物质只是攫取的对象，它们是被动和木讷的，没有心。物质怎么会有心呢？石头、水、树木和沙子，以及金子，还有楼房之类，从没听说哪一样是有心的。心是一个生理意义上的器官，扑扑跳动，一般人当然是这样理解它的。古时候的人以为心是会思索的，所谓“心想事成”，心是可以思想的。而现代科学又否定了心的想，认为只有大脑才是思索的器官。人们平时所说的心，当然是指心灵的范畴，是生命的个性和意志之类。

由于物质世界可以在一定程度上接受人的摆布，留下人的痕迹，比如，土可以挖，山可以开，海可以填。它们基本上是被动的，看不到明显无误的拒绝，也没有反对的声音，所以，人们就把它们看成了死的：没有生命的气息，也没有生命的喜怒感知。

人对物质除了占有的欲望，也还有感情，比如喜欢大自然，依赖一种物品，甚至想念一个地方，如思念一座山和一条河等等。一个背井离乡的人总是想念老家，除了想念那里的人，还留恋那里的树、土、水井以及整个的自然环境。这种感情虽然朴素，但是已经在不自觉地把周围这个世界，摆得和自己一样平等了，类似于朋友和伙伴的关系，而且动了真心。有了这样的心情，也就不会一味想到去占有、去征服它们了。

时间久了，人们会发现这个物质的世界与人有着不同的活法，它们其实也是有心的。不过，它们的表达方式与人不同，所发出的声音也不同。它们的拒绝和反抗其实人人都不陌生，那会更巨大更可怕，有一种不可抵抗的排山倒海的力量。人们周围的这个无心的世界一旦撕破了脸，会给人凶暴残酷到极点的感觉。看来不是这个物质的世界无心，而是人们自己无心。人们完全无情无义地对待它们，它们才会这样怒火满腔，这样无常和残暴。

人要赢得这个世界，最终还是要赢得这个世界的心。追求它，依恋它，小心翼翼地与之相处和过往，就像对待一个恋人那样。这时候的“它”应该是“她”或“他”，对其绝对不能粗暴和莽撞。人一旦起了占有心、攫取心或掠夺心，一切也就相当危险了。说到恋爱，最美好最动人、最令人难忘和充满创造灵性的那个时期，还是相对含蓄克制、两相吸引的阶段。人要设法维护和保持这个阶段，将这样的日子拖延得越长越好。有大智慧的人，一生都要与爱的对象保持这样一种关系：相敬如宾。

不仅不去占有和攫取，就连剧烈的燃烧都要回避。因为过度的炽烈不会是一种常态，它留下的只会是冷却的残渣。一个征服者和强暴者，最后会发现自己成了一个最可怜的人，会变得一无所有，只能在孤独的虚脱中苟活下去，结局可能比想象的还要可怕十倍。

人一辈子走在物质的长路上，这样一直走下去，走到自己的结束。所有的酸甜苦辣都来自周围这个物质的世界，人只要活着，就无法摆脱它，愿意不愿意都得跟它相处。人出生后就与“他”或“她”结识了，这就有了生命间的相互吸引。但人到了最后总算明白，原来世界上的一切都是有生命的，也就是说都是有心的。只要有心，就不能掠夺和占有，也不能极尽撩拨之能事，不能让其一口气烧成灰烬。

要让心长久地保持一种芬芳。

冯骥才

浙江宁波人，中国当代著名作家和画家。一九四二年生于天津。已出版各种作品集近百种，其中《啊》《雕花烟斗》《高女人和她的矮丈夫》《神鞭》《三寸金莲》《珍珠鸟》《俗世奇人》等均获全国文学奖，《感谢生活》获法国“女巫奖”和“青年读物奖”，并获瑞士“蓝眼镜蛇奖”。作品被译成英、法、德、意、日、俄、荷、西等十余种文字，在海外出版各种译本四十种。

白发

人生入秋，便开始被友人指着脑袋说：“你怎么也有白发了？”听罢，我笑而不答，偶尔笑答一句：“因为头发里的色素，都跑到稿纸上去了。”

就这样，嘻嘻哈哈、糊里糊涂地翻过了生命的山脊，开始渐渐下坡来。或者再努力，往上登一登。

对镜看白发，有时也会认真起来：这白发中的第一根是何时出现的，为了什么？思绪往往会超越时空，一下子回到了少年时——那次同母亲聊天，母亲背窗而坐，窗子敞着，微风无声地轻轻掀动母亲的头发，忽见母亲的一根头发被吹立起来，在夕照里竟然银亮银亮，是一根白发。这根细细的白发在风里柔弱摇曳，却不肯倒下，好似对我召唤。

我第一次看见母亲的白发，第一次强烈地感受到母亲也会老，这是多可怕的事啊。我禁不住过去扑在母亲怀里。母亲不知出了什么事，问我，用力想托我起来，我却紧紧抱住母亲，好似生怕她离去……事后，我一直没有告诉母亲这究竟为了什么。最浓烈的感情难以表达出来，最脆弱的感情只能珍藏在心里。如今，母亲已是满头白发，但初见她白发的感受却深刻难忘。那种人生感，那种凄然，那种无可奈何，正像人们无法把地上的落叶抛回树枝上去。

当妻子把一小酒盅染发剂和一枝扁头油画笔拿到我面前，叫我帮她染发。我心里一动，怎么我们这一代生命的森林也开始落叶了？我瞥一眼她的头发，笑道："不过两三根白头发，也要这样小题大做？"可是，待我用手指撩开她的头发，我惊讶了，在这黑黑的头发里怎么会埋藏这么多的白发。我竟如此粗心大意，至今才发现才看到。也正是由于这样多的白发，才迫使她动用这遮掩青春衰退的颜色。可是，她明明一头乌黑而清香的秀发呀，究竟怎样一根根悄悄变白的？是在我不停歇的忙忙碌碌中、侃侃而谈中，还是在不舍昼夜的埋头写作中，是那些年在大地震后寄人篱下、含辛茹苦的生活所致？是为了我那次重病内心焦虑而催白的，还是哪件事……几乎伤透了她的心，一夜间，骤然生出这么多白发？

黑发如同绿草，白发犹如枯草；黑发像绿草那样散发着生命诱人的气息，白发却像枯草那样晃动着刺目的、凄凉的、枯竭的颜色。我怎样做才能还给她一如当年那一头美丽的黑发？我急于把她所有变白的头发染黑。她却说："你是不是把染发剂滴在我头顶上了？"

我一怔，赶忙用眼皮噙住泪水，不叫它再滴落下来。

一次，我把剩下的染发剂交给她，请她也给我的头发染一染。这一染，居然年轻许多。谁说时光难返，谁说青春难再？就这样我也加入了用染发剂追回岁月的行列。谁知染发是件愈来愈艰难的事情。不仅日日增多的白发需要加工，而且这时才知道，白发并不是由黑发变的，它们是从走向衰老的生命深处滋生出来的。当染过的头发看上去一片乌黑青黛，它们的根部又齐刷刷冒出一茬雪白。任你怎样去染，去遮盖，它还是茬茬涌现。人生的秋天和大自然的春天一样顽强，挡不住的白发呵。

开始时精心细染，不肯漏掉一根。但事情忙起来，没有闲暇染发，只好任由它花白。染又麻烦，不染难看，渐而成了负担。

这日，邻家一位老者来访。这老者阅历深，博学，又健朗，鹤发童颜，很有神采。他进屋，正坐在阳光里。一个画面令我震惊——他不单头发通白，连胡须眉毛也一概全白；在强光的照耀下，蓬松柔和，光明透澈，亮如银丝，竟没有一根灰黑色，真是美极了！我禁不住说，将来我也修炼出您这一头漂亮潇洒的白发就好了，现在的我，染和不染，成了两难。

老者听了，朗声大笑，然后对我说：“小老弟，你挺明白的人，怎么在白发面前糊涂了？孩童有稚嫩的美，青年有健旺的美，你有中年成熟的美，我有老来冲淡自如的美。这就像大自然的四季——春天葱茏，夏天繁盛，秋天斑斓，冬天纯净。各有各的美感，各有各的优势，谁也不必羡慕谁，更不能模仿谁。人的事，生而尽其动，死而尽其静。听其自然，所谓听其自然，就是到什么季节享受什么季节。”

我听罢，顿觉地阔天宽，心情快活。摆一摆脑袋，头上花发来回一晃，宛如摇动一片秋光中的芦花。

薛 佳

笔名土土，祖籍河北任丘。生于北京海淀，成长于海军北海舰队，毕业于中国人民大学新闻系，任教于北京大学地质系。主业摄影、编辑、设计，崇敬文学、美术、建筑，曾尝试写作。

一瓶酒

接过我递给的酒，父亲落泪了。

父亲是军人，并不嗜酒，竟然也会落泪，我有点慌。

那时候的父亲，是家里的大树。大树荫庇下的家人，都慑于父亲的威严。现在父亲落泪了，全家立刻无声。许久，还是父亲自己打破了沉寂。父亲说，只有在口里，只有在口里才能弄到这样的好酒。父亲反复端详着酒瓶，却没有端详我这个久别的儿子，而且，也没有掩饰眼角的泪痕，犹自喃喃地说，要是我儿子出了事儿，我找谁喊冤去呀……

我递给父亲的，是一瓶茅台酒！

我的“没事儿”，让父亲动了感情……

那是 1973 年，是我当兵的第四年，也是父亲带着全家落户新疆北屯的第四年。

一

我一直没弄明白，在新疆常说口里的“口”，究竟指的是哪个地方。是阳关，嘉峪关，还是河西走廊的西口？总之，口里就是指的内地。我是从东边“口外”，跨越数千公里，经过口里，行程半个多月，才到达西边“口外”的。那时候，去北屯要持边境通行证，坐飞机想都别想，只能车行。我这一路，让等在北屯家里的父亲提心吊胆，甚至写信说什么也不要带，人能到家就行。可我却兴奋地告诉父亲，我弄到了一瓶茅台。

“弄到”，在 20 世纪 70 年代初，是一种神奇的、充满各种含义的能力。那时物资匮乏，生活清苦，基本生活用品都是凭票证购买，好酒更是属于奢侈品，不是一般人可以享受的。能够弄到市面上见不到的好东西，上面的人一定是位高权重，下面的人一定是神通广大。

弄，有不同的层次。

有的好弄，比如一块后臀尖，基本上在副食店见不到，我们炊事班长有名言，“一头猪长不出三个后臀尖”，太少了，所以需要去弄；有的不好弄，比如中华烟，东北兵有歌谣，“省中华，县牡丹，一般干部迎春烟，牛皮小伙儿大生产，贫下中农大老旱”，省级干部抽的烟，自然不好弄来；还有几乎不可能弄到的，大多属于“计划物资”的顶端，比如茅台酒就是。我的一个对酒颇有心得的朋友，谈起茅台，说当年曾尝过一口，为此好长时间都舍不得喝水，想让酒味留得更长远些。琼浆啊，老百姓怎么可能沾到？中美恢复交往，世界哗然，周总理设宴招待基辛格和尼克松，喝的就是茅台酒，有《参考消息》为证。因此，我们一致认为，茅台酒是国宴上才能喝的。

我当兵的地方是山东威海，是个被水兵们戏称为“一条马路三盏灯，一个喇叭全市听”的小城市。和全国一样，威海的食品商店里虽然不能说空空如也，但总是那么几样。比如酒，只有山东产的苹果酒和一种绿瓶子装的白酒，据说是地瓜干酿造的。

那酒哪儿能喝哟！

我刚说想买地瓜酒，就被“破锣”一口否决。

破锣是我们船的文书，湖北人，因为一次把牛吹破，又因为姓罗，就不幸成了“破锣”。文书破锣可真是神通广大，似乎谁都认识，跟地方上的售货员更是自来熟。听说弄到过上海表，平息了机电长的对象儿风波。还听说弄到过纯毛线，成了干部家属的红人。更让破锣私下得意的，是挨过大队政委的敲打，政委说，要注意和地方上女同志的关系。也就是人家破锣，我等寻常兵，哪儿轮得上政委敲打呀。

水兵四年，获准探家是大事，破锣对着我拍胸脯，一定想办法给我弄瓶好酒，带去孝敬远在天边的老爹。

没想到，没想到哇，破锣得意扬扬，全威海就两瓶，我弄来一个。星期天，破锣外出归来，小心翼翼地从挎包里掏出个报纸包，层层打开。“报穷酒现”时，所有人都不由得“哇”了一声。谁也没想到，破锣弄来的，是一瓶茅台！

这就是茅台？

物资匮乏的年代，人自然见识短浅。著名的茅台酒，只闻其名，不知啥样儿。现在，茅台酒裹着白砂纸，静静地躺在报纸上，仅仅那个瓷瓶子，就够让我们啧啧称奇了。酒喝完了，这瓶子也太可惜了，我心里想。更吃惊的，是破锣说出的价格，八块！老天爷，天下还有这么贵的酒？

说心里话，破锣的神通，超出了我的承受力，立刻就有点气馁。我的心里七上八下，一个战士，买这么贵的酒，会不会有追求资产阶级生活方式的嫌疑？刚当老兵，给人家新兵会留下什么印象？是不是有悖艰苦奋斗的光荣传统？毕竟，新兵一个月的津贴费才六块啊。

转而想到“周总理国宴喝的酒”，一下子给了我“政治底气”。

老实说，这是瞎找理由。归根结底，还是“在父亲面前显摆”的虚荣心作祟，再有就是架不住奇货可居的诱惑，我硬着头皮买下了这瓶酒。我知道，只要破锣一上码头，这瓶酒就再也不可能见到了。

那个年头，绝对有拿着好东西，人都跟着提气的感觉。人提气就有些忘乎所以。好酒的消息在船上不胫而走，大家都想瞧瞧这瓶昂贵无比的酒。不断地打开包上，白纱纸破了，酒成了裸体，白身红冠，煞是亮眼。最后，惊动了上边，指导员来了。指导员看完只是哼了一声。哼是啥意思？我们琢磨了很长时间。但就是指导员的“哼”，使全船的“酒热”迅速降温了。

二

动身还有时日，有空就想看看，反复端详酒瓶，就发现了问题。那封着漆的红盖上，散发出幽幽的酒味，晃晃瓶子，能听到酒的声音，味儿好像更大了。怎么漏了？我的手开始出汗，觉得宝贵的酒正顺着封口漆的边流出来……这样下去，等我见到父亲，岂不就剩了半瓶？

惋惜之后，大家开始攻击破锣，怎么弄来一瓶破酒？破锣也慌了，咬牙发誓拿来时酒是没味儿的，还哭丧着脸说，好费力气弄到的哟，换不得了。其实，谁心里都有数，这样稀罕的酒，的确换不得了。有人说，可能是盖没拧紧，拧拧试试。又有人叫，千万别拧，一拧封口漆就碎了。反正得想法儿把味儿封住，最后决定用蜡。可怎么封呢？

把蜡烛点着，让熔化的蜡滴在上面，千万别让封口漆碰到明火，会一下子烧光，有人提醒。我小心地转动瓶子，蜡一滴滴落下，立刻凝固，一会儿就完成了封堵。瓶口看上去疙疙瘩瘩，但效果奇佳，大家都争着闻，一点味儿也没了。可是，还没高兴太久，就有人提出了新问题，蜡一碰就碎，要是在火车上碰碎了，咋办？

避孕套啊！卫生员小张一脸坏笑，把大家全说惊了。

避孕套是当时的叫法，今天已经叫安全套了。叫法的转变，颇有思想解放的意味。我们全船除了已婚的干部之外，张卫生员无疑是最懂避孕套的了。那东西结实得很，弹力大，封住酒瓶没问题，很难拽破，保证不漏气，小张胸有成竹。

那东西是专为做“那事儿”用的，由于很容易被“流氓行为”利用，所以只在已婚阶层中严肃地发行。我等毛头大兵上哪儿去找？就是知道，人家也会对你的动机产生怀疑。没结婚就找避孕套，你想干什么？一句话就能让人无地自容。那东西未婚者不该问，也用不着。

大家一齐看破锣，吓得破锣连连摆手，我要去弄那个东西，没事儿也有事喽。还是卫生员小张明白，小张说，可以去买，商店卖药的地方就有。前舱的新兵就把避孕药膏当牙膏买回来过，反正售货员不认识咱，怕啥？

买避孕套像做亏心事，就有些惊心动魄。一进商店，几个人你推我挤缩手缩脚，就是没人出头，因为远远看去，售货员是个姑娘。最后，我一咬牙冲了上去，毕竟酒是我的，豁出去了。

哈哈，我真运气，玻璃柜台里就摆着那东西，用不着尴尬动嘴，拿手指就是。

售货员瞟了我一眼，忽然说，要多大号的？说完脸先红了。

号？这东西还有号？

我张口结舌，脸热心跳，一下子噎在那，不知道咋说才好。大号，要最大号的，幸好卫生员小张跟上来解围。可是，售货员还是不拿东西，却扔过来一个练习本，本上夹着支圆珠笔芯，登记！只能登两个啊！

不要钱？我嘀咕着翻开本，脑子轰的一下，一片空白。

练习本有如审讯，声色俱厉，清清楚楚地逼问：单位、姓名、数量！

我们是来蒙事儿的，没想到“法网恢恢”，这要是写上去，明摆着自投罗网呀。我拿着圆珠笔芯，就是写不下去，感觉售货员的眼神像锥子一样扎。到底是卫生员小张见多识广，抢过本来，刷刷地完成登记，抓起售货员放在柜台上的“两个”，拉着我就走。一出商店，撞上破锣。破锣连店门都没敢进，说，怕那个售货员认出来。

蓝天白云，空气清新，如释重负，我们都禁不住哈哈大笑起来。我问小张写了什么。37015部队，名字是瞎写的，小张很得意。写得太聪明了，部队番号代表全水警区，上哪儿找去？

这是我第一次见到避孕套，乳白色，卷成圈，装在白色的小纸袋中，上面写着青岛乳胶厂制造。在卫生员小张的“医学”指导下，我的酒被顺利地戴上了避孕套，隔着乳胶，“贵州茅台酒”的大字依然历历在目。

三

不断接到父亲的来信，嘱咐我回家的路上小心这小心那。信从北屯到威海要走二十多天，几乎每天都有父亲的信走在路上。

父亲就担心我路上出事。事儿，偏偏就出了。

战士的“待遇”是火车只能坐硬座。著名的69次列车，让我结结实实地“坐”了四天三夜，蓬头垢面地到了乌鲁木齐。从这里到北屯，还有三天的汽车路程。兵团的地方，只通兵团的交通车。我按父亲的信指引，找到去北屯的发车地，却被告知，没车！

一等就是七天，我被困在乌鲁木齐，只好给父亲写信诉苦，急得不知如何是好。后来我才知道，父亲手里就有车，完全可以找理由派车来接我。新疆那时有“公章碗大，不如老乡一句话”的说法，人们早已对“跑关系”“走后门”习以为常，更何况手中有点权力的，过期作废啊。为此，母亲气得好几天都不跟父亲说话。

我理解父亲的固执和坚守，不能动公家一针一线。父亲只能自我解嘲，说让我锻炼锻炼。我的“锻炼”，却又让父亲揪心揪肺，坐立不安。

告别人间的最后一个印象，是发动机怪叫着，刺眼的阳光下，汽车后轮高高甩起的泥浆。跟着一切突然安静，然后轰然一声，一片漆黑。四周全是泥水，我昏头昏脑地双手乱划，才发现水很浅，脑子渐渐清醒，连忙去摸自己的腿和脚，全在！心中狂喜，车，翻了，我，没死！

这是我终于等到的车，卡车，苏联20世纪50年代造的嘎斯51。车厢上什么遮挡也没有，为了安全，两侧车厢板之间绑了一根粗绳。只要能回家，管他什么车！大概所有等车的人都这么想，各色人等把车厢坐得满满当当。我被安排坐在车厢的左后角。右后角是一个陆军兵，等车多日，我们早就熟悉了。

清晨的阳光非常耀眼，照得我眯起了眼睛，转瞬之间，地覆天翻。

卡车突然失控向右急转，被离心力推着向左侧滚翻，先把我们全倒在泥塘里，又从我们上空越过，右侧着地落下……

我从泥水里爬起来，撩水洗掉脸上糊的泥，眼前又是阳光灿烂。阳光中看到陆军兵也在洗脸，也是胳膊腿儿一个不缺。我们俩紧紧抱在一起，都说，没事？没事！

周围一片狼藉，男男女女花花绿绿一片，全在泥水里挣扎，奇怪的是，都在往泥里钻，急得我和陆军兵一个一个地向外拔。恍然间，我想到了鸵鸟，据说这种鸟害怕时就往沙土里钻，屁股露在外面。我不禁怪笑起来，一边笑一边拔……后来，陆军兵说，你当时肯定精神分裂了。

满身泥污，不明所以，我和陆军兵紧急扒拉着泥人点数，突然有人大哭起来，是一个上海男人。

等车的日子闲聊，上海男人说，是戴着大红花来新疆支边的，现在没人重视啦，老也老了，回不去了，还塞给我一支飞马烟，小声说，口里带来的。

惊魂刚定，上海男人醒过神来，抓住我的胳膊哭得声嘶力竭，丫头，我的丫头没有，在哪儿……

我和陆军兵发疯一样冲回泥塘，到处乱摸，还把路上看热闹的人骂下来一群，很快找到了女孩。只摸到一只脚，女孩被压在车厢板下面。

也不知道哪儿来的力气，大家发一声喊，竟把卡车抬动了。小女孩被拽出来，没有一点伤，却声息全无。

前边不远就有部队医院，有人喊……

这个小女孩10岁，两条小辫子被我和陆军兵一人揪一根，忽闪着眼睛，扭来扭去，就是不肯叫我叔叔。没礼貌，上海男人轻轻地拍了小女孩一巴掌，冲我笑笑。上车前，我还给小女孩逮过蜻蜓。

焦急地等到晚上，消息传来，小女孩救活了，没事！大家欢呼起来，拼命鼓掌。我和陆军兵都哭了，还互相说，真娘们儿。

除了轻微伤，人一个也没死，全仰仗这个浇地形成的泥塘保护了大家。

新疆高蒸发，衣服很快干了，一动就掉土，我拍打着，霍然想起，天啊，我的东西，我的宝贝酒在哪儿？

当兵的，当兵的！有人喊我，是一个七十多岁的老太太。老太太是被我们第一个拔起送上路基的，点数时，排1号。

阳光下，老太太白发飘舞，盘腿端坐，看着一堆从泥塘里捡上来的东西。你们忙，我叫孙子捡东西，快看看，有你的没？老太太笑眯眯，头发上还沾着干泥巴。出发时，怎么劝，老太太搂着孙子就是不听，好容易才给弄上车厢。大难临头，小脚老人家居然毫发无损，真乃神人也！

真想给老太太跪下，磕头叫奶奶，亲奶奶。我和陆军兵的手提包，全在老太太看着的堆儿里。

覆巢之下，安有完卵？提起包我就又抓又捏，心里咚咚跳，我的酒？我的酒？我的酒呢？没法开拉锁，包上全是泥。

陆军兵奇怪地看着我，嘿，嘿，瞎抓什么哪？

有瓶子，准保碎了，我沮丧地说。

陆军兵刚点着烟，直接塞我嘴里了，歇会儿吧，你抓的是我的包。

终于抓到我的酒了，硬硬地挺在包里，完好无损。我对着北边，任眼泪乱流，心里大喊，父亲啊，您知道吗？儿子大难不死，茅台酒一点事儿都没有，什么事儿都没有，什么事儿都没有哇。

父亲在第一时间就知道出事了！

只知道出事，却情况不明，直熬到晚上，才有了无人死亡的肯定报告。父亲是通信科长啊，守着电话机，却没有打一个询问儿子生死的电话。漫长的一天，经历了怎样的撕心裂肺，经历了怎样的泣血等待？父亲全都咽在了肚子里。正像之前经历的政治跌宕一样，父亲一辈子都在默默地忍着，再忍着。就是那句有点抱怨的话："要是我儿子出了事儿，我找谁喊冤去呀……"也是对着儿子带来的酒说的。

四

出事后，全车人又被拉回乌鲁木齐。我立刻给父亲写信报平安。为了快，特意寄了航空。结果，报平安的信，比我还晚到。原来，航空信要等飞机，要飞到布尔津，然后，还要有一天的汽车路。

千山万水，和父亲联系，只能写信。

命令就是军人的命运。一纸命令，父亲就去了湖北的五七干校，我成了唯一能替母亲给父亲写信的人。1969年年底，我在北京家里给父亲写信。我写的是，我已被批准光荣入伍了，您很高兴吧？命运多舛，又是一纸命令，父亲被远调新疆生产建设兵团，这次，是带着全家去戍边了。父亲从北屯写来的第一封信说，我们是支援边疆建设……这个"我们"，是总参一千多名军人和家属；这个"边疆"，我在地图上整整找了半个多小时。至今，我也没搞清楚，这个"大迁徙"，到底是为了什么？

父亲去干校时，我还是个孩子。再见父亲，我已是个"老兵"了。那时，烟和酒是孩子学坏的标志；如今，我却千里迢迢给父亲送上好烟和好酒了。每次写信我都在想，见到父亲，该不该敬礼，敬军礼吗？

当海军的我，应该是父亲的骄傲。刚到北屯的第二天，父亲就让我穿上刚刚换装的水兵服，去各种叔叔伯伯家串门"展览"了。父亲曾经郑重其事地写信问我，"前进4"，是多快的速度？当时有个关于海军舰艇的电影，"前进4"的问题，显然让陆军父亲们争论不休。一位叔叔刚把我欣赏完，立刻就问"前进4"到底有多快。这位叔叔还乐呵呵地宣布，开好酒招待海军。我看到父亲嘴撇了一下，要不是当着孩子们，父亲可能会说，你这也算好酒？

按理说，我的到来，全家团聚，应该开酒庆贺；儿子大难不死，活蹦乱跳，也应开酒庆贺；全家人，包括父亲，谁也没喝过茅台酒，难道不该打开尝尝？可是，从我把酒递给父亲那一刻起，开酒的权利就转移了。尽管我建议了好几次，父亲总是不允。或许，还没到父亲认为足以打开这瓶好酒的时候？

酒，被父亲束之高阁了。

到底什么“时候”，才是父亲认为的，可以喝这瓶酒的时候？

随后，历史沉积得飞快。那么多的节点，按照父亲的逻辑，都完全有理由打开这瓶酒。

1975 年，邓小平重新掌权，“大迁徙”被彻底纠正。命令宣读，第一个名字就是父亲。全家调回北京，多么大的喜事，父亲老泪纵横，却没有开这瓶酒。

1976 年，粉碎“四人帮”，举国欢腾，人们纷纷饮酒庆贺，有《祝酒歌》红遍中国。父亲激动得连连说，有希望了，有希望了，仍然没有开这瓶酒。

1979 年，中越边境自卫反击战胜利，父亲的单位属于参战部队，老军人打胜仗，哪儿有不喝的？部队占领谅山那天，父亲回来，满面红光，却喝了别的酒。

后来，无论是大喜之余，还是一怒之下，父亲都有许多该喝这瓶酒的“时候”。比如，儿子上大学、女儿结婚、孙子孙女出生、搬新房子、离休脱军装等等，父亲甚至还主动招呼大家喝酒，但就是不动这瓶茅台。

一直到父亲去世，这瓶酒，还是原来的样子，瓶口封着蜡。

封酒的避孕套，是在离北屯还有一天路的时候，被我悄悄褪下的。避孕套几乎恢复了原状，真像卫生员小张说的，那东西结实得很。我想把避孕套扔在“驿站”屋外的戈壁滩上，奇怪的是，在这不毛之地，有人先扔过了，还不止一个。

那时，国家百废待兴。

是年，我 19 岁。

履痕

LÜ HEN

余光中：失帽记

蒋子龙：欣然，信然！

王巨才：雾漫东江

阿　成：我和呼玛的冬天有个约会

邓　刚：老街

邢军纪：每个人的远方

王　童：船上的泸沽湖

（文字统筹／华　静）

余光中

文学家、诗人、散文家，评论家。1952年毕业于台湾大学外文系。1959年获美国爱荷华大学（LOWA）艺术硕士。先后任教台湾东吴大学、台湾师范大学、台湾大学、台湾政治大学。一生从事诗歌、散文、评论、翻译，自称为自己写作的“四度空间”。至今驰骋文坛已逾半个世纪，涉猎广泛，被誉为“艺术上的多妻主义者”。其文学生涯悠远、辽阔、深沉，为当代诗坛健将、散文重镇、著名批评家、优秀翻译家。

失帽记

去年底在中文大学演讲的那一次，听众的盛况不能算怎么拥挤，但也足以令我穷于应付，心神难专。等到曲终人散，又急于赶赴晚宴，不遑检视手提包及背袋，代提的主人又川流不息，始终无法定神查看。餐后走到户外，准备上车，天寒风起，需要戴帽，连忙逐袋寻找。这才发现，我的帽子不见了。

事后几位主人回去现场，又向接送的车中寻找，都不见帽子踪影。我存和我，夫妻俩像侦探，合力苦思，最后确见那帽子是在何时、何地，所以应该排除在某地、某时失去的可能，诸如此类过程。机场话别时，我仍不死心，还谆谆嘱咐孙明珠、樊善标，如果寻获，务必寄回高雄给我。半个月后，他们把我因“积重难返”而留下的奖牌、赠书、礼品等等寄到台湾。包裹层层解开，真相揭晓，那顶可怜的帽子，终于是丢定了。

仅仅为了一顶帽子，无论有多贵或是多罕见，本来也不会令我如此大惊小怪。但是那顶帽子不是我买来的，也不是他人所送，而是我身为人子继承得来的。那是我父亲生前戴过的，后来成了他身后的遗物。那顶法式贝瑞帽呈扁楔形，前低后高，戴在头上，由后脑斜压在前额，有优雅的缓缓坡度。至于毛色，则圆顶部分呈浅陶土色，看来温暖体贴。四周部分则前窄后宽，织成细密的十字花纹，为淡米黄色。戴在我的头上，倜傥，有欧洲名士的超逸，但帽内的乾坤，只有我自知冷暖，天气越寒，尤其风大，帽内就越加温暖，仿佛父亲的手掌正护在我头上，掌心对着脑门。毕竟，同样的这一顶温暖曾经覆盖着父亲，如今移爱到我的头上，恩佑两代，不愧是父子相传的忠厚家臣。

记忆中父亲从来没打过我，甚至也从未对我疾言厉色，所以绝非什么严父。不过父子之间始终也不亲热。小时他倒是常对我讲论圣贤之道，勉励我要立志立功。长夏的蝉声里，倒是有好几次父子俩坐在一起看书：他靠在躺椅上看《纲鉴易知录》，我坐在小竹凳上看《三国演义》。冬夜的桐油灯下，他更多次为我启蒙，苦口婆心引领我进入古文的世界，点醒了我的汉魄唐魂。张良啦，魏征啦，太史公啦，韩愈……，都是他介绍我初识的。

后来做父亲的渐渐老了，做儿子的长大了，父亲长期宦游在外，我因工作而几经辗转，各忙各的，父子交集不多。

二十三年前，我受中山大学之聘，由香港来高雄定居。妻子毅然卖掉台北的故居，遂把父亲接来高雄安顿。父亲自中年起痛风，晚年更因青光眼近于失明，许多年来，父亲的病情与日常起居，幸亏有妻子悉心照顾并操劳陪伴。身为他亲生孩子的我，却未能经常陪侍，想到五十前在台大医院的加护病房，母亲临终时的泪眼，谆谆叮嘱：“爸爸你要好好照顾”，实在愧疚无已。

父亲和母亲相濡以沫，母亲逝于 53 岁，长她十岁的父亲，尽管亲友屡来劝婚，却终不再娶，寂寞中守了三十四年，享年 97 岁。可怜的老人，以风烛之年独承失明与痛风之苦，又不能看报看电视以遣忧，只有一架古董收音机喋喋为伴。暗淡的孤寂中，他能想些什么呢？除了亡妻和历史的和渺渺的往事。除了独子为什么不常在身边。而即使在身边时，也从未陪他久聊一会儿，更从未握他的手或紧紧拥抱他的病躯。长寿的代价，是沧桑。

所以在遗物之中竟还保有他长戴的帽子，无异于继承了最重要的遗产。父亲在世，我对他爱得不够，而孝心也始终未能充分表达。想必他内心一定感到遗憾，而自他去后，我遗憾更多。幸而还留下这么一顶帽子，未随碑石俱冷，尚有余温，让我戴上，幻觉未尽的父子之情，并未告终。这一份与父共戴帽的心情，说得高些，是感恩，说得重些，是赎罪。不幸，连最后的一点凭借竟也都失去，令人悔恨。

寒流来时，风势助威，我站在岁末的风中，倍加畏冷。对不起，父亲。对不起，母亲。

蒋子龙

历任海军 184 部队制图组组长，天津重型机械厂车间主任，天津市作协专业作家、作协主席，编审。天津市政协常委，中国作协第三届理事、第四届主席团委员及第五、六、七届副主席。中国作家协会会员。著有长篇小说《蛇神》《子午流注》《人气》《空洞》，中篇小说《锅碗瓢盆交响曲》，短篇小说《三个起重工》，《蒋子龙选集》(3 卷)，《蒋子龙文集》(8 卷) 等。

欣然，信然!

我曾两次到过奈良，怀有强烈的好奇心想去看一个地方，却都未能如愿。那便是“暴死寺”。庙不大，香火很旺，日本人似乎将“暴死”看作是“好死”，到了一定年纪甚至渴望能够“暴死”。就如日本电影《犹山节考》所表述的，老人活到 60 岁还不死就背到山上活埋。按中国的习俗，“暴死”则等同于“横死”“恶死”，是“不得好死”“不能善终”的一种死亡，极不吉利。所以同行的人坚决阻止我去参观这样的地方。但我们也有一句“修死不修生”的古训。南怀瑾有言：古代修行的人，要死的时候自己先晓得时间。不管他是修佛家的、道家的、密宗的、禅宗的，修到了知止而后有定，普遍都能做到“预知时至”。每个人的生不由自己选择，却可以追求“死得其所”，以一种较为自然和没有太多痛苦的方式告别人世，“无疾而终”地为人生画上句号，会被人尊为“高人”“有后福”。

当下无论能不能“修死”，一活到七八十岁，恐怕都会想到这件事，何时走？怎样走？中国进入老年社会，老年人若想进一个规范、稳妥的养老院，不比年轻人考公务员更容易。如果指靠子女，那就得核算一番，假如自己是 25 岁得子，到 85 岁时孩子方才退休，在这之前有个短期的头痛脑热还可以，倘是长期需要人照理，那可就不一定是“好死不如赖活着了”。现实逼得老伙计们对如何走完人生的最后一段路，不得不“修”，不得不“忧”。前不久去无锡参加一个活动，结识了一位智者，若醍醐灌顶般打开了另一番思路。此公大名汪开泰，年已七旬，看上去不过 60 岁出头，面有光泽，眼有精神，却曾患高血压四十年，糖尿病八年，胰岛功能几近丧失。最痛苦的是由于身体器官严重缺乏营养，周身奇痛无比，生不如死。多年来跑过多家医院，均无大效，这中间还把老伴儿送走了，可谓“破罐熬过了好罐”。

正当万般无奈时，听说无锡安国糖尿病医院有一种自然疗法，便抱着“死马当活马医”的侥幸心理去试一试。不想试了五次，骨头缝里的奇痛消失，所有药都停了，血压和血糖还依然能保持正常，经监测胰岛功能也恢复了 80%。去年秋天外孙子高考走了，他毅然将自己的房子卖掉，把钱存进银行，用每月的利息在安国医院的对面租了一套房，剩下的钱还足够天天在医院吃营养餐，闲暇时在病房做志愿者，现身说法，为病人服务。我感觉他的经历像一个奇迹，他却说在医院里这不算什么，还有比他更严重的病人也被治好了。我称他首创了一种新的养老方式。他说用这个钱未必能住上好点的养老院，在这里却比任何养老院都保险，医生是根据我的具体情况配餐，我身体有一点问题立刻就可得到调理，把自己交给这儿心里一下子踏实了，孩子们也放心。

我问他，现代人多疑，顾虑也多，你就这么信任这家医院？

他说我的病是真的，我受的罪自己知道，而现在一身轻松是千真万确的，我就是不相信自己，也相信他们。如果我在家里，不说别的单讲吃饭这一件事，哪些能吃，哪些不能吃，怎样清除水果蔬菜的农药污染，我弄不明白，弄明白了也做不到，太复杂了，防不胜防。到这里就什么都不用自己操心，尽管放心大胆地吃。他们的果蔬有解毒机清洗，粮食跟中粮公司签的协议，保证是纯天然的，尤其是小麦，是这个医院的创办人之一卓欣运，每年从山西老家的山上收购来的，他们与当地的农民订有长期购销合同，然后用石磨而不是高速的电磨，磨成九五粉，只去掉一点外皮，绝大部分营养都能保留。从山西运到无锡，光运费一斤就要一元。说句到家的话，这个医院就是我的福报，这儿的医生是我的贵人，到老了能有这么个依靠，是我的福气。

我被打动了，甚至从心里生出一种艳羡。人到老年有自己信赖的一家医院和牢靠的医护人员，不能不说是一种幸运，一种幸福。他的福气还得益于自己的真诚和对别人的信任，人总要相信一些什么才能活着，才能活得好。自称什么都不再相信的人，其实也是一种信，至少要相信自己真的是怀疑一切了，世间人真能做得到吗？

王巨才

延安市子长县人，生于 1942 年 12 月。毕业于陕西师范大学中文系汉语言文学专业。长期从事文化宣传和党政领导工作，曾任中共延安地委副书记，延安行政公署专员，中共陕西省委常委、宣传部长。1995 年 7 月至今，任中国作家协会党组副书记，主席团委员，书记处书记。2012 年 10 月 29 日，当选为中国散文学会会长。

雾漫东江

题记：二十五年，弹指一挥，白薇，光阴似箭，岁月无情。“时光会使最亮的刀生锈，岁月会折断最强的弓弩”（司各特）。这位新文学史上才华横溢、名重一时的作家已很少被人提及。

1945 年秋，毛泽东赴重庆谈判，在周公馆招待进步女作家时曾握着白薇的手说，我经常记起你，丁玲和你是我们湖南的女作家。

1950 年，毛泽东把白薇请到中南海，交谈中称她既是个好作家，又是个好战士。

这位与毛泽东、周恩来、邓颖超、康克清等有过长期交往的湖南女子，20 世纪 20 年代由日本返回祖国，投身大革命浪潮。1927 年 10 月到上海，加入创造社，创作了大量“解剖封建资本主义的黑暗，同时表白被压迫者惨痛”的作品，在鲁迅、郭沫若、田汉、成仿吾等影响和扶植下，成为“左联”和左翼戏剧家联盟最早的成员。新中国成立后，由政务院安排来到北京，担任中国文联和作协理事、政协委员，其间主动要求到北大荒和新疆军垦农场体验生活，坚持九年，以一系列洋溢时代激情的作品广受好评。

她姿容清丽，性格刚强，被鲁迅称作仙女。叶灵凤则在《白薇——我们的女将》中说她“外表看来那么柔顺，内心却刚毅坚定”。可惜颠沛流离，又耽于痴情，她终生未婚，去世时 94 岁。

白薇出生在湖南资兴县。1947 年她由上海回资兴，接何香凝来信，参加了党领导的湘南游击大队，亲身经历了解放资兴县城的战斗。她的家乡在资兴渡头镇秀流村，她对这个“青山耸翠，秀水流长”的地方一往情深，曾写过长篇纪实散文《我的家乡》，详述那里的自然环境、人文历史和民情风俗，笔致温婉闲适，描绘细腻真切，堪称现当代散文中的佳作名篇。她说，“我爱我的家乡，我庆幸我生长在这样一个可爱的村子，它，给我比别的孩子更多的见识，更多的美的憧憬，狂热的情绪……”

这次去资兴，白薇的秀流村已不复存在。20 世纪 70 年代国家修建东江河水库，这个村子连同周围六个乡镇全都没入江底，却预想不到地成就了一座蓄水 80 多亿方，面积 160 平方公里，烟波浩渺、风光旖旎的东江湖——一个远近闻名的 4A 级国家风景名胜区。

资兴位于湖南东南部，隶属郴州，山深林密，水源充足，从空中俯视，眼底如同展开一帧巨幅的青绿山水画。有人称此地的自然环境为“弯弯曲曲水，重重叠叠山，无穷无尽树，不冷不热天”。加之已有一千八百年的历史，书院宫观，遗存自多，乡风民习，古意犹存，可供品读的自然和人文景点，很多很多。单是令人迷醉和遐想的那奇异无比的“雾漫小东江”，是任何别的地方难以见到的一道独特景观。

东江湖下游梯级利用形成的一段二十多华里的江面，每到夏秋两季，蒙蒙水汽收束在翠峰屏列的峡谷间，便出现白雾弥漫、云蒸霞蔚的炫目奇景。那雾气缥缥缈缈，整日不散，从早到晚，演绎着不同的风致情韵。

黎明的雾如一段甜蜜的梦。斯时四围寂然，弯月如钩，静静的江面上，一层乳白色的雾霭平整地铺展开来，厚厚的，沉沉的，像一床柔软的丝绒棉被，将呓语中的小东江捂盖得严严实实，看去暖意融融；又像半夜悄悄落下的一场瑞雪，等待着给睡醒后的小东江一个意外的惊喜。而岸上的人，除不停地按动相机快门，也都屏声静气，生怕惊扰那朦胧的梦境。随着天气转亮，气温上升，平静的雾霭开始浮动起来，扩散开来，先是像淡淡的轻烟，袅袅娜娜，向四周弥漫；继而像薄薄的蝉纱，影影绰绰，在半空舞动；再后来，就变作一条条洁白的流云，飘飘忽忽，去来无踪，将两岸的山林渲染成一幅幅笔墨娴雅、浓淡相宜的宋元山水画。等到太阳出来，雾气聚合，整条峡谷间就蒸腾起大大小小棉朵般的云团，那云团相互纠结，跌宕绵延，在朝霞映照下，全都镀上明艳的色彩，金光四射，灿然夺目。此时的小东江，直如祥云缭绕、琪花遍开的西天琉璃世界，令人恍兮惚兮，如置仙境。只是到了夜深人静，小东江才渐渐隐去白日的曼妙与辉煌，显露出另一种安谧、恬美的姿容。蔚蓝的江水微波不兴，静如处子。远处的小船挽缆停泊，烛光摇曳。万籁俱寂，四外无声，只有那缱绻缠绵的片片云羽，如飞天仙子，临流照影，迟迟不肯离去。这情调，每让人想起“枫桥夜泊”的悠远，“寒江独钓”的空茫。

小东江沿线最有名的人文遗存，要算寿佛寺。这组仿唐风格的建筑群，背依周源山，前临东江水，气象宏阔，环境优美，又因其供奉的是在佛教界地位极为尊崇的“无量寿佛”，在海内外广有影响，长年游客不断，香火鼎盛。

无量寿佛，法名全真大师，俗姓周，别号宗惠，唐开元十六年（公元 728 年）出生在资兴周源山，父亲周鼎光曾官至尚书。据清代咸丰年间全州人张淡重修的《寿佛记》记载，他自幼有神悟，聪明过人，吐语成词，“超然有出尘弘道之志”。16 岁到郴州开元寺出家剃度，后到杭州径山修行，拜道钦禅师为师，晚年在广西全州创建“净土院”，讲释“无量寿经”，徒众逾万。又作诗歌偈语数十万言，广为流传，其要旨在引导人们学好向善，践行大乘教义：“说得一尺，不如行得一寸”。他讲的这些禅理，福国利民，深得朝野推重，故有“西祖阿弥陀，东宗无量寿”之誉。咸通八年(公元 867 年)二月初八日，大师以“秋去叶须落，春来花自开”留别众弟子，无疾圆寂，享年 138 岁，是中国历史上最长寿的高僧。

全真大师因其德劭寿高、矢志弘法终成正果而被尊为“无量寿佛”，历代有五位皇帝顶礼赐封，民间更有大量信众虔诚敬奉，祈求平安长寿。而今的资兴，又称长寿之乡，仅年纪在 90 岁以上者据说就有上千名。这原因，自然与求神礼佛无关。但此地优越的生态环境，丰饶的自然资源，富足的城乡生活，和谐文化营造的健康社会氛围，令广大民众深获其惠，当无疑义。

站在东江岸边，天高水长，雾茫茫，可惜白薇已矣，否则以她的生花妙笔，一定会有更加精彩动人的《我的家乡》名世。

阿　成

原名王阿成。著名作家，享受国务院特殊津贴专家，编审，中国作家协会全委会委员，黑龙江省作家协会副主席，哈尔滨作家协会主席。燕山大学客座教授。曾经获得全国优秀短篇小说奖、鲁迅文学奖、蒲松龄短篇小说奖等多项奖项。代表作有《赵一曼女士》《年关六赋》《马尸的冬雨》等长、中、短篇小说。

我和呼玛的冬天有个约会

今冬，有朋友邀请我去我梦寐向往的大兴安岭之呼玛。

我在想，这机会的有无真的需要凭借一个人的虔诚么？

天赐良机，不可草率，斟酌再三，还是破例地向这位新朋友提出了自己的请求，希望能够去大江凿冰捕鱼，希望能在大森林里滑一次雪，还有，能否安排去白银纳拜见那位老萨满呢？

应者的轻松，让历经坎坷的我未行时就已有几多的满足了。

凿冰捕鱼

新朋友说，察哈彦村是黑龙江凿冰捕鱼的最好地段，我都安排好啦，察哈彦村的村长强哥，是我的生死兄弟。我笑着说，强哥，名字耳熟哇，不会是个土匪吧？新朋友说，貌似土匪，心若菩萨。老哥，你就放心吧。接着他又百思不解地说，老哥，我就闹不明白了，那些城里人，为啥喜欢去看养鱼池上的凿冰捕鱼呢？我看这城里人都病啦。啧啧，天下的男人都知道，在大江大河上凿冰捕野鱼，那才刺激，那才够味儿。网顺到冰窟窿里去，你不知道会打上来什么，鲤子？鲢鱼？还是“三花五罗”？一切都是一个未知数。而且，你也不知道今天你能打上来多少，能打到多大的鱼。人工养鱼池就像在地里种庄稼，你种的麦子肯定收获的是麦子，一点儿悬念都没有。不刺激，没劲儿。再说，养鱼池的鱼能是野生的吗？上坟烧报纸糊弄鬼哪。

去察哈彦村的一路，正赶上风雪交加的天气，看手机，娘亲，气温已降至零下 31℃。新朋友说，多好啊，天公作美呀。讲话啦，好话剧得有好布景才行。是吧？老哥。

我们开车走的是先前的老路，眼下已经被厚厚的大雪所覆盖。在这个地方扫雪清雪是滑稽的，完全多余，也用不着。车子在厚厚的雪路上行驶，不仅有一种柔柔的弹性，而且还有一种轻微的眩晕。这样的舒坦只有亲临者才能体验到哟。雪路两边是连续不断的白桦林、黑桦林和美人松林。我们的车子似乎是在长卷似的古画里行驶，那种无序中的自然搭配，那种次第变换的雪景，真是妖冶兮美不胜收。

这时候，已经能够远远地看见，在黑龙江的江面上那几个晃动的黑色人影儿了。新朋友说，肯定是强哥他们。老哥，咱们直接上江。吉普车立刻从雪路上斜冲下去，直接开上了冰封的黑龙江江面上。车子行驶在冰封江面上的那种滋味，那种对微小颠簸都极为敏感的我，说不担心便是不诚实了。说来，冰封的黑龙江江面也并非平坦如砥，其中不乏有碎石板似的冰块儿乱乱地堆积在江面上，其状态，犬牙交错，狰狞凌厉，俨然先锋派艺术家的狂野雕塑。在大江上行驶中，我们还看到在大江的中央有一条长长的伤口似的暗沟。白冰黑水，状态诡异。据说，这种暗沟即便是在三九严寒也不会结冻。看来，大江也有大江的秘密呀。

江面上的那几个人果然是强哥他们。强哥等人已经事先凿好了冰窟窿，并下了网。从温暖的吉普车上下来，哎哟哟，立刻体验到了黑龙江凛冽寒风的厉害，不仅仅是面如刀割，也不仅仅是伸不出手来，而是那扑面而来的强劲寒风让你喘不过气来，有一种封口的窒息之感。新朋友问，老哥，怎么样，够劲儿吧？我说，好！千里迢迢扑奔到这儿要的就是这种体验。千金难买呀！新朋友对那个长得恶刁刁的东北大汉说，强哥，老哥来不光是看你们怎么凿冰捕鱼，他还要亲自操作。强哥说，明白，都安排了。我办事，你放心。说着，递给我一个丁字形的冰钎子，温和地说，老师，你自己试试。他这样说话立刻让我感到一丝可人的温暖。这个剽悍的东北汉子其实挺厚道挺可亲的。我接过了冰钎子问，在哪儿凿冰？强哥说，老师想在哪儿凿就在哪儿凿。随便。尽管我事先心里是有准备的，但是，没想到这江面上的冰层竟有一米多厚，凿这坚如顽石的冰哟，真的比想象的还要艰难。这不仅仅是你要出多大的力气，用多大的劲儿，同时还要面对着这江面上犹如铁骑兵般的风霜雪剑的袭击。所谓“黑山王气，黑水霸图”，斯境是也。只是廉颇老矣，能凿冰否？试试看吧。有强哥在一旁小心翼翼且有分寸地帮忙，很快就凿出一个铁桶大小的冰窟窿。妥了，下网吧。我是知道在冰层下网的种种技巧的，然而外行人就未必知情了，更不知如何做到。

下过网后，接下来就是等待了。直起腰来吧，认真地欣赏一下大江两岸的景色。整个冰封的黑龙江上就我们这几个人。江的对面就是俄罗斯。冰封的江面上插着一些彩色的小旗以示国界。

我发现了远山上的俄罗斯岗哨时问强哥，俄国人能看到我们吗？强哥说，能。强哥又说，当年陈雷领导的抗日游击队就是从这条江去的俄罗斯。说话间，从我方江边的灌木丛里呼啦啦飞起一对野鸡，贴着冰封的江面飞向对岸的俄罗斯。我感慨地说，小时候，我家离江边也不过是二百米的距离。冬天在松花江上凿冰捕鱼的人很多。有的人还喜欢在夜间凿冰捕鱼，用手电筒往冰窟窿里一照，顺着灯光鱼就会游拢过来，鱼产生幻觉了，会自动跳出江面。守在冰窟窿旁边的人用大笊篱一捞，就将鱼捞出了江面。现在没有这种事儿了。逝者如斯啊，情何以堪哪。

强哥说，一听说话就知道老师是个文化人。老师，待会儿咱们打上了鱼，晌午就做了吃。化冰炖鱼，原汁原味。

终于到了出网的时候了，这胸膛里的心哟，已被期待推到了喉咙眼儿上了。从冰窟窿里往外拽网的时候，我的手很快就被冻僵了，身上厚厚的棉衣棉裤也被冻透了。这网啊忽沉忽轻，依次被网上来的有哲罗、雅罗、虫虫、鳊花，还有鲤鱼和一条三斤多重的金黄色的花色江鲶鱼。啥叫快乐？啥叫纯粹？啥叫幸福？啥叫值？此时此刻就是这样的滋味。

晌午，强哥的媳妇和他的侄女儿把网上来的鱼炖上了。强哥的家人还为我们做了小鸡儿炖桦树蘑，炒了蕨菜、老山芹等野菜，还有老款花生米（放糖的那种）。强哥说，吃鱼有讲究，“鲤鱼的头，虫虫的嘴，鳊花的肚子，鲶鱼的尾”。老师，你就吃我说的这些地方。我们都吃了一万多遍了，您就放开造（放开吃）吧。

啊，娘亲哟，这凿冰捕上来的野鱼哟，即便是天皇老子也未见能享受到这样的人间美味吧。

在森林里滑雪

先前，仅仅是在资料上读到过鄂伦春人滑雪的技术之高。介绍说，他们穿的是一种自制的滑雪板，便于在丛林中穿行。这种滑雪板短短的并不长，是用兽皮包裹起来的，然后再用狍皮绳捆在脚上。同样有两个滑雪杖，是那种蜡木杆儿。据说蜡木杆儿又硬又有弹性，俨然船上的桨，掌握着滑行的方向。我曾从一份20世纪60年代的资料上偶然读到一个生活在大兴安岭的鄂伦春猎人，他就穿着这种兽皮裹着的滑雪板，像鹰一样地“滑翔”在深山老林里，像蒙古人套马一样，用手中的套绳套取在林子里飞奔而逃的梅花鹿和马鹿等动物。“鄂伦春”本是“山岭上的人”之意，亦解释为“使用驯鹿的人”。只有用套绳套取的猎物才可以避免它们被伤害。这样才能够被大城市的动物园所收购。

身临其境也，即有久违之感又颇有陌生的困惑。先前的大兴安岭，70 年代我曾开车从这里几次经过，那是名副其实的深山老林。用老林业工人的话说“树象很杂”。然而只有这种杂乱的、不同品种的树簇拥在一起生长才能相互补充、相互照顾、相互滋养、相互竞争，一起遮天蔽日，长大成材。只是逝者如斯了。而今的森林虽说依然是森林，却多了一份次序，多了一份人工的筹划与设计。是啊，在这样横竖有序的林子里滑雪，我想，只要掌握好了南北的方向，其实是并不难的。自然还需有足够的厚雪才行。天道若此，大雪覆盖的兴安岭，厚厚的雪是它永恒的优势呵。

的确，又有几年没滑雪了，但心中那份原始的冲动和惦念却从未停歇过。现在就置身在深林里，穿配一套现代的滑雪板和滑雪手杖。伫而四顾，如此博大雄浑的背景，顿时将祖先遗传给儿孙们的英雄之感再一次地激发出来。刚刚拄杖出发时，或因久未滑雪的生疏稍有几分小小的胆怯，尤其是面对陡峭的下坡。然而这一丝胆怯的不顺，很快被陡峭的山势和耳边凌厉的风啸冲击得干干净净。那种滑翔中的畅快淋漓，那左右绕树的蛇形“表演”，啊啊，此生不虚也。

只是，黑龙江的冬日太过短暂，刚刚下午 3 点，欲将落山的晚阳就像一盏油汁耗尽的小灯碗儿，光色无力地坠下去了。当我们即将离开这片渐渐地暗了下来的山林时，再俯瞰山下之城郭，竟然已经是万家灯火了。

老萨满

吉普车在漫天飞舞的大雪天行驶了一个多小时，鄂伦春人的白银纳乡就出现在眼前了。于兹之下，心中的忐忑与天上的飞雪也即时地同步起来。开车的朋友告诉我，老哥你看，村子前面的那些平房，漂亮吧？养眼吧？这样的房子只有村里德高望重的长老才有资格居住。我问，那，普通村民住在哪呢？朋友说，后面那几栋楼房。也挺漂亮的是吧？又说，“白银纳”是鄂伦春语，

“富裕”的意思。就看这些房子吧，你说鄂伦春人富不富裕？

老萨满的家在乡里正中的位置，是一幢洁美且充满着鄂伦春风情的平房。房檐下浮雕着一排鄂伦春人狩猎、骑马、捕鱼的生活场景。漫天白雪、青松古桦，说此境有一种人在画中的吉祥也不为过。

老萨满刚刚从外村回来，恰好在家。回放一下，那伴飞的喜鹊已经陪伴着我们的车子叫了一路了。如此说来，这也该是吉人天相的征兆了。

老萨满生于1935年，是大兴安岭西尔根河流域鄂伦春族倭勒河部落的古拉依尔氏族人，她叫关扣尼。先前我是知道这个名字的，不过那只是在画报里，在资料上。这回可是见到真神了。老人家是矮个子，似乎只有一米五左右。略有皱纹的团脸呈暗橘色，眼睛不大，额头窄短，我曾在《清代通史》上读到过如此的描述，这是纯粹的鄂伦春人相貌。我们见面时她并没穿萨满的服饰，看上去就是一个普普通通的山乡老太太。然而不然，略深察看，老人家眉宇间与神态上的威严 不仅凸显着她为地方之神的无上高贵，也展示着她作为一代萨满不容侵犯的神圣。我称她“老神仙”，次递地问候她，向她致敬。她并不言语，只是专注地打量着我。我发现她犀利的眼神似乎有一种穿透力。我心若雪野，只是笑着看着她。少顷，她的表情也终于温和了下来。

我们终究是远道驰雪而来，若是看不到一个穿着萨满服的萨满，就未免太遗憾了。老人家满足了我的请求，为我们穿上了萨满服。朋友悄悄地对我说，这在平时是绝对不可能的。斯时，她的家里正好住着一位做实地调查的博士生，是专门从事鄂伦春萨满历史研究的。听到人家能满足我的这一要求，她惊喜不已，迅速地架好了录像机。穿上了艳丽且神秘萨满服的老人家，虽说依然是先前的人，先前的表情，先前的语音，但此时无论如何是一尊威仪满满的神了。

据说她16岁之前，不过是一位普通的鄂伦春女孩儿，因得了一场大病，被当地的萨满救活后，人就通灵了，并接继前任成为新一代萨满。她服饰上的那些铜铃，每一颗代表着她曾救活的一条人命，服饰上的每一个彩条代表着她治好了那个人的病。看到老萨满身上布满的铜铃和彩条，你不能不为这种救人治病的精神力量所震撼。于兹之下，萨满教其中的唯物主义光辉也被灿烂地迸发出来了。

是啊，千百年来，萨满始终是黑龙江少数民族看重的精神支柱和精神家园。倘若我们能够了解萨满的圣洁精神之所在，就会对于这崇拜自然万事万物、崇尚祖先之功德的萨满子孙充满敬意。先前，我单知道鄂伦春人，甚至美洲的印第安人是把乌鸦看作祖先的神灵，乌鸦是他们的保护神。但在聊天中，我还是第一次听说，青蛙同样备受鄂伦春人的呵护。其实，鄂伦春人是最早的自然生态的保护主义者，与自然和谐相处是他们世代恪守的生存准则。在渔猎活动中他们从不过度地杀戮猎物，亦不做过多的储存。够吃就可以了。正是这简简单单的六个字，道出了鄂伦春人优美的民族秉性和高尚的人格。

白银纳乡政府安排的午饭，是纯粹的家常菜，炒山芹，焯冻白菜，蘸酱菜和虫虫鱼。咂唇啧嘴，让我赞不绝口。年轻精干的鄂伦春女乡长说，乡政府食堂做的这些菜，包括我们打的烧饼之所以好吃，就是纯绿色的。

接下的空余时间，正好去看一看鄂伦春妇女用桦树皮做的各种精致的小工艺品。一个上了年纪的鄂伦春妇女正在用一根小巧的狍腿骨和小一块玄色的石头，在一块圆形的桦树皮上敲打着精美的动物图案和吉祥的花儿。那些摆在橱柜上用桦皮制成的小桦皮船、桦皮针线盒和小撮箩子等，我想，鄂伦春人大约是在用这样的艺术形式，缅怀和传播他们先人流传下来的灿烂文明罢。

……

离开老萨满的家，虽说是一次遇见的幸运了，但在我的心里依然有一丝难以名状的伤感。是啊，不知道什么时候能再见到这位老人家，见到这位中国唯一的老萨满，见到这位虔诚的终生不渝的鄂伦春文化的传承者。想到飞箭般呼啸而过的人间岁月，仰天长叹，亦心痛矣。

祝福鄂伦春人，祝福老萨满健康长寿。

邓　刚

原名马全理。祖籍山东牟平。曾任辽宁作协副主席，大连作协主席，今为中国作协全国名誉委员，《人民文学》编委委员，中国海洋大学驻校作家。发表长、中、短篇小说及散文数百万字，并获全国中、短篇小说奖。

老街

接到香港商报邀请去汕头采风的通知，我大为兴奋。因为从地图上查看，汕头与大连特别相似，都属滨海城市，都是建市一百多年，在那风云涌动的年代，都是首当其冲地与西方文化发生痛苦的冲突，同时又进行微妙融合的城市。为此，我兴奋得从大连驾车一路狂奔 3500 公里，跨越九省一市（天津直辖市），风尘仆仆地来到汕头。

进城第一口充满鲜味的呼吸，就能感到这是被大海滋润的城市。到处耸立着与大连相似的现代化楼厦，闪烁着霓虹灯的宽阔大街，连路标的名称都相似得令我惊愕，也有长江路、黄河路、中山公园……但坦率地说，尽管相似，但相比大连的洋气，不能不说还是有点稍逊风骚。可当我看到长达近四公里长的观光式海滨长廊，有一种凭楼台亭阁，观碧水蓝天的感觉，于是开始淡化了我心中的“大连骄傲”，当跨越海上大桥，游历南澳岛的风光及历史踪迹，作为曾经自诩大连美丽滨城的我，已经是羞愧难当了。

由于我利用清晨和午休的时间自己驾车游逛，所以就比采风团的作家们多一份景色的收获。突然，我看到一条陈旧得有些奇特的街，所有的建筑破败得千疮百孔，与周围现代化建筑格格不入。可是我踏进这条街的第一感觉，俨然是走进了民国时代。那些中西结合的骑楼结构建造，带着浓郁西方建筑色彩的希腊爱奥尼立柱，上面竟然还有中国古典传统的花卉图案浮雕，虽然被风雨摧残得碎裂模糊，却在垂死挣扎地放射着独特的艺术气质。

我赶忙打开电脑从百度上查询，这一查不但令我大吃一惊，甚至大吃二惊！原来在150年前清政府与英签订《天津条约》后，就将汕头建成面向世界的通商口岸，并为此脱离了潮州府的管辖，而独立成市。随即西方商品经济及文化如新鲜空气般注入这片古老的土地，西方的商品经济文明与潮汕大地的重商文化相互交融，进一步刺激了当地商品经济社会发展。深受海洋文化熏陶的汕头商人独特的人文风格，以敢于拼搏、勤劳和聪明而在商业贸易中脱颖而出，汕头商贸呈现出“商贾云集，楼船万国”的繁盛景象。直至20世纪20年代中期，汕头取代了潮州成为广东仅次于广州的第二大城市，经济贸易总量位居全国第七位。更让我惊叹的是，恩格斯竟然在《俄国在远东的成功》的文章中，用充满赞美的笔调写道：“汕头是中国唯一有一点商业意义的口岸”。据说，当时汕头有将近十个国家的海关，为商品进出日夜繁忙地工作。那时的大连还只是一片荒草野滩！为什么汕头是中国最著名的侨乡，为什么汕头人遍布全世界，并创造出飞黄腾达的商业奇迹，我想，渊源来于她是中国最早通商口岸的城市。

我站在这些即将坍塌却尽力支撑着的，满目疮痍却依然挺拔的楼厦面前，真就是感慨万千。浸透五千年传统文化，并拖着一条长辫子的大清国民，看到黄毛蓝眼，满嘴的里嘟噜的老外，是怎样一种惊讶和惊恐，怎样一种厌恶和憎恨，怎样一种反抗和屈辱，怎样一种理解和沟通……这里有血腥的厮杀，有狡猾的勾结，当然也有和谐与宽容，交朋结友，男欢女爱。如此错综复杂的喜怒哀乐，有喜剧有悲剧，也就是有着成千上万的丰富多彩。这会给我们今天带来多么深切的思索，难道就这样轻易地消失了吗？……

资料上记载，20个世纪30年代，印尼侨商李柏恒斥资50万大洋创办南生大楼，一二层经营苏广洋杂百货，三四层为中央酒楼，五六七层为中央旅社，是当时粤东最大的商业场所。大楼不仅外观夺目，楼内的设计一样令人惊叹，天花板的横梁雕刻着花卉等浅浮雕，地面采用彩色地砖铺贴而成，显得富丽堂皇，大气而典雅。楼的最高层还设有两排电灯柱，自置电机，并于每层骑楼设花架，种植应季花卉，一时间清香四溢，引得客人流连忘返。当时的南生公司每晚内外灯火辉煌，远望如繁星，璀璨夺目，大楼建成后生意愈发兴隆，夜夜莺歌，多元化经营和优越的地理位置使得百货大楼风靡汕头达半个世纪……仅仅几年前，一个前来旅游的美籍华人姚颂庄写道：汕头老街给人的感觉就像是意大利的小镇！……

而今天我却怎么也看不出什么“意大利的小镇”，只有残垣断壁在勉强支撑，仿佛一个巨大的生命在苟延残喘，破碎的窗户犹如忧伤的眼神，对我闪烁着最后的自尊和期待。然而路人告诉我，这里已经被房地产老板拆得一塌糊涂，而且我面前这座欧式风格的大厦，马上就要捣毁。我一没有金钱，二没有权力，我有的只是感慨和感叹，最后只剩下叹气而已。但这却使我更觉汕头的亲切，更有一种痛不欲生的情感。我认为保护这条老街的每一寸土地，都比一万米的新建筑值钱。所以我在日记上写下：汕头，你今天所有的靓丽和辉煌，都抵挡不住这条老街蕴含的魅力，都无法冲淡我为这条老街的欣喜和心疼……

邢军纪

原解放军艺术学院军事文学创作教研室主任、教授。技术三级，中国作家协会会员，中国报告文学学会协会理事。享受国务院特殊津贴专家。自 1979 年发表文学作品迄今已逾千万字。主要作品有：《疯狂的盗墓者》《黄河大决口》《商战在郑州》《锦州之恋》《第一种危险》《北中国的太阳》《中国精神》《风雅大郑州》等。曾获全国优秀报告文学奖、鲁迅文学奖、中宣部‘五个一’工程奖、中国报告文学学会奖、全军新作品一等奖、全军教学成果一等奖、育才奖金奖等。

每个人的远方

盛夏时节，突然就想起了一个人。

当时的语境与消暑有关。一些人喜欢去海边，去北戴河，我独爱去北方边地游历。今年夏至，爱人的战友们相约去延边老部队故地重游，我便以家属的名义参加了这个《老兵寻梦之旅——延边行》活动。也就是这个时候，我想起了一个人——我的老部队宣传科的李干事。

在北京站聚齐，我数了一下，十四五个人，一个精干的小分队。寻梦，让我不由地想起李干事，他可是老字号的政工干部了，他离开部队该有几十年了吧？李干事呀李干事，你的一切都好吗？李干事的往事顽强地浮出水面，成为此行我的梦寻动力，斯时正好有机会，何不也去寻他一回？

到了长春，北京小分队与来自外省市和东三省的寻梦小分队汇合，队伍立时丰盈饱满起来。战友们在候车室就开始拥抱握手敬礼，本来生疏许久的军礼，就像有人握着彩笔重新在他们身上勾勒了一通，人马上就熠熠生辉起来。这种气质和精气神儿，那是没有当兵经历的人无论如何也出现不了的。

车到图们站时，我显得非常激动。我的激动来自我寻梦的凭据。当年我们的部队从北京平谷调到张家口一带驻防，师部设在万全县城，批林批孔时，军区炮兵要搞一次幻灯比赛，为了取得好成绩，师里决定抽调全师力量，将下面各团的电影组画幻灯高手和绘画人才集中，由师宣传科李干事和电影队丁队长带队，时间三个月，争取创作出一部质量较高，能代表全师水平的幻灯片。

我们部队驻防在坝上张北县，我当时是团电影组长，因为不到二十岁就提了干，在全师应该是最年轻的干部。集训班动员会是宣传科冯科长讲的，他没说几句话就看看丁队长说，你们都听丁队长的吧，他有经验。丁队长那时已经有五十多岁了，他是毛主席在西柏坡时的放映员，这样老资格的电影队长，全中国有几人？冯科长当然得说听他的，我们当然都会听他的。但老爷子看冯科长走了，眯着眼笑嘻嘻地说，啥听我的，我们都听李干事的！李干事从后面抽着烟站起来说：你傻呀，全听我的？这一句话把大家逗笑了，从此笑声再也没有离开我们集训班。

李干事给人的印象就是一个字：“牛。”人长得帅，圆圆脸，天庭饱满，地阁方圆，这句话用在他身上最合适。更重要的是他能写会画，我们师部礼堂二楼会议室里，就挂着他创作的国画《我的家乡图们江》。那是有着大山密林阔水白帆的地方，它如此深刻地印在我脑海里，几十年不曾褪色，足见它的艺术魅力。构成其“牛”的还有他的传说，那是部队三支两军时候，部队奉命去某艺术学院支左，李干事负责音乐系。斯时正遇该系排练，场外突然来个“丘八”，那种鄙视是自然的，系里负责接洽的人拿着黑管说，缺个人手，能否试试？李干事笑笑就上去了。一曲下来，满堂喝彩。李干事吹奏的什么曲子，没人说得清楚，但却在丁队长的叙述里，充满着服膺和自豪的表情。

莫言和阎连科当年在部队时实际上也是由这样一种文化带出来的，虽然他们不说，但他们看到我这段文字．绝对会会心一笑，同意我的观点。李干事骂人比丁队长还厉害，奇怪的是群众基础却好得不得了。李干事是朝鲜族，我似乎听他说过他的家乡的具体地址，但因年代久远，已经漫漶在往事里。唯有他的画中题款深入我心："我的家乡图们江"，即见图门，又临江滨，笃定离李干事会越来越近，我似乎看到了李干事的大背头，像日本电影明星大岛茂那样的帅，头发一甩，谁也不服的尿性。为了弄清李干事的具体地址，我在高铁上给石家庄一个姓武的战友打电话，他是丁队手下的放映员，而且我俩私下里多次谈到过李干事，他或可知道李干事的具体地址或联络方式。然而，这一带隧道山洞颇多，因为信号不好，沟通一直没有达成。

到了延吉，一行人住了下来。外乡人与本地寻梦人胜利会师，寻梦大戏由是徐徐开启。

此行的老部队原叫沈阳军区结核病专科医院。该院组建于 1966 年。这一年，在新中国历史上注定是极其著名的一年。与其有关的是，毛主席发表了关于医疗卫生方面的"6．26"指示；而另一方面，则是"文化大革命"开始的第一年。然而，在延边和龙附近，靠近边境的大山深处，曾几何时，却秘密隆起一处世外桃源，它就是按野战医院序列称之的"226"医院。

从 1966 建院到 1986 年撤编，在建军史上，它实际上仅存在了二十年。而这二十年中，在此服役和治疗的干部战士不过二千余人，但它却在那个时段，保卫和捍卫着东北方向解放军官兵的肺脏。天南地北的人们来到这里，来到他们生命中的远方，吃过酸菜辣白菜年糕高粱米朝鲜冷面，被北方的豪雨淋过冰雪冻过，喝过滚烫的高丽烧酒，穿着 绵羊皮军大衣足踏翻毛皮鞋走过雪国之后，兵们的身心就会发生重大变化，一个叫"226"的情结便像初恋一样深印在他们的心底。几十年过去了，时代巨变，白云苍狗，但这种情感非但没有褪色，反而愈发浓烈，这次千里寻梦的行旅本身就是最好的证明。

为了寻梦之旅的顺利开启，按照部队惯例举行了一场晚会。一个姓李的医生被推举为晚会主持人。医院的首长都缺席了，他们属于自然减员。七十多岁的李医生代替他们进行点名，按司政后、各科室、勤务连、家属队等序列报数，然后以老单位的名义表演节目。当一个个已不年轻的人陡然发出与年龄不符的洪亮嗓音时，便让人不由想起 2016 年的热词“洪荒之力”。晚会上，唱得最熟的歌曲仍然是《我是一个兵》《志愿军战歌》《打靶归来》等，只是语境不同，反倒有些苍劲壮哉的感觉。电影《英雄儿女》的旋律响起来了，当年医院里的舞蹈队员上场了，优美的舞姿摇曳出少女时的轮廓，朝鲜族女人的风致演绎得淋漓尽致。白发苍苍的朝鲜族老医生晃着脑袋就着节拍也上场了。老人陶醉于美好的青春往事中。他是建院之初从军区总医院抽调来的老专家，人称“铁肺子”。在为结核病人就诊时，从来不戴口罩，但若发现年轻人违犯规定，他会骂人；不想活了？并且要求一定要戴七层纱布的口罩。那时在国防施工和恶劣气候下得了严重肺病的结核患者，本来很难走出大山的，但在他们的精心救治下，一个个危重病人化险为夷，又生龙活虎地重返至战斗岗位。“226”以治愈率和优质服务傲然屹立于全军乃至全国医林。老医生无疑是这个优秀群体中最具代表性的一员。然而，当老医生的妻子患病时，他却因失之照顾而导致爱人病情恶化。八年之后，在花掉他所有积蓄且负债累累时，爱人终于撒手而去，只留下他一个孤苦伶丁的人。现在，他什么也没有了，没有了部队，没有了单位，没有了青春，没有了财产。他把最好的年华献给了“226”，“226”回赠他一段美丽的青春记忆。但他没有倒下，他还有“226”可以回味，他仍在追寻梦想。人只要有远方，就是失败者。在场的所有人都为他的坚强而感动，女人们轮番找他跳舞，他收获了全场满满的爱。

看到老人，不由又想起李干事，他或许也白发苍苍了吧？

第二天，寻梦之旅乘车向和龙进发。翻山越岭，数度曲折之后，这行人终于来到老部队门前。斯时，早有和龙本地的战友等在这里，他们在部队撤编之后，成为普通老百姓，但他们会定期来这里看看，特别是每年“八一”的时候。他们守着一片梦境，并且不断向远方的战友通报信息。有了微信之后，每次回来，就如一次实况转播。营区先是给了地方一家药厂，几年之后，随着关停并转的风潮来袭，药厂倒闭，人去楼空，这里成了附近农户放牛放羊的地方，营区渐次沉寂，几成废墟，犹如真正的墓场那般荒凉，只是无人拜祭。现在，他们终于等来了那么多梦中出现的战友，相拥之后，由他们带领，一行人鱼贯而入昔日的营区。

营区建在一处幽静的密林里，四围皆高大的树木，渐行渐高，山势确，医院成箕踞状蛰伏在雾霭里。路面全是碎石砌就，因少有人迹，缝隙处青草已经没膝。大家在礼堂前广场集合，人们把老兵寻梦的牌子簇拥起来，在大礼堂台阶上依次排列，像当年立功受奖那般合影留念。合影后，队伍化整为零，转入自由活动。北京来的王德明夫妇急忙往家属区跑，去看当年他们的爱巢破坏了没有。他原来是化验科医生，转业后回到家乡辽阳进入工厂，在东北重工业基地的历史地位受到经济建设为中心的大潮冲击后，他再次受到重创。失业的他成为阵痛中最痛的痛点，到处漂泊，四处奔劳，从黑吉辽一路拼搏到北京，如今在一家私人企业打工挣钱。生活不如意，但他很豁达。他说咱是谁呀？咱当过军官，出过远门，咱是“226”出来的，咱怕谁呀？！

“226”还是产生爱情的地方。一个女干部爱上了一个从军区下来的小白脸文艺兵，闺蜜们不看好他们，说别扯犊子了，干部爱上兵，吃亏搭前程。违反纪律不说，回头他甩了你怎么办？战士心里也没底，悄悄给自己的上司营房助理孟庆财汇报，让他给个主意。孟助理说，你还犹豫什么呢，多漂亮的姑娘啊，谁冲上去就是谁的，你快上，出事我替你受处分！如今，这桩普遍看走眼的爱情剧，到后来却是花好月圆的结果。三十多年过去了，两口子仍然甜蜜如初恋。夫妇俩，男的叫曲士哲，女的叫刘玉丽。现在，他们来到当年定情的地方，在女兵宿舍的山后金达莱花丛中拍了一张合影……

女兵们的宿舍楼在营区的最后面，窗外就是山梁。山梁连着大山，几十里没有人烟。浪漫是女兵楼的主旋律。我与这座楼里的一个女兵鸿雁传书，着实纸上谈兵了几年恋爱，两地书里，这座楼房多次被书写，并且有着既定的浪漫气氛。我知道这是一座苏式楼房，里边铺设着红木地板，一种松木的香味在楼层间弥漫。三楼左侧第二个窗户后面住着信息发布者，她后来成了我们家的女主人。

我跟在几个当年的女兵后面，端着录像机充当随军记者的角色。我爱人前头走着王丽、程华、姚力军、高淑华等，想当年她们几个人的宿舍连在一起。从路边篱丛中闪出楼房的一角，她们就开始兴奋，等整座楼房映入眼帘， 她们却集体沉默了。大楼的顶部已经坍塌，阴雨中，像一个老人垂下头颅向远来的客人致礼。它终于等来了昔日的女兵们，不想却物人两非，双双已老。王大力和于凤杰两口子在三楼中间的窗口探出头来向大家打招呼：快上来啦，检查你们的内务喽！于是她们便走进大楼。楼里黑黢黢的，楼道里铺满苞米杆，一堆堆牛粪遍布其上，两侧有牛哞哞低叫，如在感谢岁月馈赠如此昂贵的牛栏。拾级而上，不想楼梯上也堆满牛粪，她们只能见缝插足，小心而上。到了三楼，几个人分散开来，奔向各自的房间和床位。最东侧的房顶已经塌了，梁木檩条如大鸟的断翅耷拉下来，挡住了探询的视线。这就是她们梦境的核心部位。断翅让人望之却步。它拒绝触摸，拒绝接近。妻子用手指着那个窗户，给我比画着床铺床头柜的位置，书籍怎样摆放，写东西时面向何方。在她的叙述下，我看到那些书信被书写的样子，它们翩然起舞，摇曳生姿，凌波微步后，白鸽一样振翅飞去。目睹此景，心里依然充满着莫明的感动。

归途中，我再次想起李干事。那次集训不久，他就以师教导队副教导员的身份转业回了家乡，而我则去了天津美院进修，从此天各一方，音信全无。但时间越久，对他的思念愈强烈。我确信他就在这片土地上生活，他或许就在路边，山冈，林间，或者房子的玻璃窗后打量着我。石家庄战友的信息来了，说许多战友都曾寻找过他，但一直没有查找到他的准确消息……我只好向王大力求助，他在延吉地区法院工作，看能否通过系统查询一下。王大力爽快地答应了，但说要一个个县去寻找，怕是这次见不成了。

回京没几天，接到王大力信息：经过几番查询，终于在和龙县食品公司找到此人。并附有一份军队转业干部名册表和李干事本人的照片。照片上，李干事戴着黑框眼镜，仍然用满不在乎的神情打量着世界。花名册上写道：李得松，原部队及职务：北京军区炮兵第三十四师副政教（副政治教导员），分配单位及职务：县食品公司副经理，性别：男，民族：朝鲜，出生年月：1938，家庭出身：贫农，本人成分：学生，文化程度：初中，入伍时间：1957，入党年月：1959.3，备注：死亡。

看到最后一栏，我的泪水下来了。

王　童

山东掖县人。1991年毕业于北京电影学院文学系。鲁迅文学院主编班学员。历任内蒙古《鸿雁》杂志社编辑，《戏剧电影》《信报》社长主编助理、评语版主编，主任记者，《北京文学》社长助理兼编辑。1979年开始发表作品。中国作家协会会员。发表中短篇小说等80多万字。

船上的泸沽湖

那年去丽江，泸沽湖我未去成甚感遗憾，因要去，人说那还有上千公里环路，便只好作罢了。这样常看着画报上的图片，想象着云雾缭绕的山水，品味着它的万象森罗，似乎总有个心结未打开。这样，当机遇终于挨近时，遂路选终南捷径，二月春风而去。春风似剪刀，春树暮云，安车蒲轮奔行，终于见到了这个传说中少年乘神马上天，少女泪流成湖的仙境了。

泪水充溢成湖，婆娑中，山影映壁，树雾遮天。在春寒料峭中绿色尚在孕育中，但枝丫的茧子已抽丝而出。尼赛庄园前有一对称的情侣树，面对着泸沽湖的湾口，举目可见里色岛的轮廓，晨昏剪灯，它的色泽也在叠替变幻着，墨绿色、翠绿色、黛天色。日出日落时，山的曲线也渐显起伏，层次亦远大近小、错落有致。虽是南国，年景从湖面吹来的风依然是冷峭入骨的，但我多感到清爽。清爽的风落在湖面上，吹皱着层层春水，春水上游弋着野鸭，呼应着天上来的海鸥白鹤。方圆七八十公里的泸沽湖，乘车半天可绕湖一圈，但尼赛庄园美丽的沧州姑娘杨超竟徒步沿湖边走了一天一夜，玉足磨出了泡。

进入山明水秀之地，我常想，若不投入其里或融入其中，只是在边缘走马观花，总有一种涉渡未深之感。这样，湖上泛舟是心驰神往的事了。但我怎么也没想到，此一吴越同舟，竟巡山涉水，浴风游天了四次。一次是从洼夸码头临时起兴上船 的，那天风很大，原本是划到可望见的后龙山去的，这后龙山当地人只是约定俗成地叫它为大鸟岛。因逆水行舟，身为摩梭人的船老大称无论如何靠不上去。只好回船转舵在波涌浪旋的湖面上兜了个圈子返回码头。同其他涧水湖泊不同的是，此处没有马力足的机帆船逆流而上，因当地江民的反对，只保留了简陋的舢板，此也就拓印了它古朴的舟摇摇以轻扬的韵致。这便是我第一次零距离触摸到泸沽湖的面庞。泸沽湖的水是青蓝色的，水深处达七十米，它的清澈程度是其他内陆湖难以见到的，阳光从云中旋出泻入，水的纹理在波光粼粼中呈弧线起伏，在船的颠簸中，碎金光闪，鱼翔浅底。船上风荡云飞中的海鸥穿梭往返，有单飞、有双飞、有群飞，还有贴着水面，掠着船舷的。所谓海阔凭鱼跃、天高任鸟飞在此景里再贴切不过了。当然，这不是海，尽管另有名称左所海、勒得海，属长江理塘河的支流，高原断层溶蚀陷落成的湖泊。但其色蓝、景深景幽都有海港海湾的对照。湖中摇曳的芦苇随风扶摇，船行其间，让草木的气息扑面而来。在泸沽湖周边，无论是在水面还是在沿岸，什么角度都可见的是海拔 3754.7 米的格姆女神山，尼赛庄园就坐落在它的山脚下。俯视整泓泸沽湖似也就如侧卧倒映在水中的女神山形状。这女神仰睡在川滇交界处，体态丰满、眉眼依稀，它的延伸处是另一个真实的作家女神杨二车娜姆之家。杨二车娜姆自传体小说《离开母亲湖》一书坦言：女人和男人不必结婚，因为爱就像自然界的季节——它有来有去。在摩梭人的文化里，男人和女人不必生活在一起，他们奉行的是“走婚”。她自己与瑞典外交官石丹悟也上演了一场国际“走婚”。她 1997 年开始写作出版，她用自己的歌喉，用自己独特的野性美丽和天资的聪明告知了泸沽湖以外的世界，让世界对那片神奇的山水睁大了眼睛。据说因她的“国际贡献”，包括将瑞典女王引来，当地政府专门划给了她这么一块临湖的风水宝地，建了这么一处如庙宇的亭台楼阁，让她的栖身之地也成了当地地图上的一景。慕名来到她这上下三层的宫殿，一眼便望见具有摩梭人特有风格的墙壁上，挂满了她酥胸玉腿优雅展露的美照，眼神妩媚地看着你，另一面墙则琳琅满目地镶着大大小小她成长经历的招贴画。等了好久，说是闭门写作的她终于露面了，她穿着彩衣戴着白獭毛帽，衬着她那张杏脸桃腮，踮着轻盈的舞步讲解着她自己。当得知她曾参加过乌兰牧骑的演出，我这在内蒙古出生的人，自然有了亲切感。

说到摩梭人的“走婚”，我们所遇到的小洛水村村长宾玛汉子便一位，他长得魁梧高大，现在女方家“走婚”。走婚是摩梭人的一种婚姻制度。摩梭人是母系社会，在白天，男女很少单独相处，只有在聚会上以唱歌、跳舞的方式对意中人表达心意。男子若是对女子倾心的话，在白天约好女子后，会在半夜时分到女子的“花楼”（摩梭成年女性的房间，独立于祖母屋即“家屋”外），传统上会骑马前往，但不能于正门进入花楼，而要爬，再把帽子等具有代表性的物品挂在门外，表示两人正在约会，叫他人不要干扰。然后在天未亮的时候就必须离开，这时可以由正门离开。若于天亮之后或女方家长辈起床之后再离开，则会被视为无礼。颇为传奇的是，这个宾玛竟然同一位探奇搜奥的女游客一度“走婚”到了一起，还生了孩子，并惹出了一段婚姻官司。但宾玛本人又是个善心义举的人，常向他人伸出援手。摩梭人实际上是蒙古军当年攻打大理国遗下的一族，因而至今他们没有文字的语言仍带着尾音拖长的蒙腔。他们的魅力便是他们会唱歌，而这常能俘获女人的芳心。

从尼赛庄园去近在咫尺的里色岛，船也屡遇风阻浪挡而难成行。如此，撑船的戴蓝色缠头的摩梭女人，对着水面摇着经轮念念有词一番，又将经轮支在船舷逆风划桨前行，望着越来越近的岛，终有登临的感觉了。如此，去岛体浸入水中的里格，乘船绕行一周，湖水从远山的轮廓间曲波流转，船桨击起的星点水珠溅在脸上，回头望去，岛上挂着的彩色经幡随风起舞，恰迎来船头触岸。

泸沽湖平躺在四川盐源县和云南宁蒗县交界处，两地的边民就常穿梭往返，敢闯的四川人沿湖开餐馆建旅舍，明显比云南人多，他们快节奏的川渝口音也此起彼伏在各个景区中。过婚姻桥入草海，就进入了川境内。在草海中行船别有一番烟雨。水草有潜在湖中，有扑倒在桥畔山边，舟从草间探头划过，云影草色盘虬在一处，时而聚拢，时而铺散开，日落云岫出，草房隐树下，光着脚在草甸子上蹦跳两下，一切就融为了一体。孤船，横云，女人的雪胫、藕肢，水色天光令人想起韦应物“春潮带雨晚来急，野渡无人舟自横”的诗句。

离开泸沽湖也就如同从行船上下来一样。诗人、诗意，水、曲径的山路及异域风情的感染。而泸沽湖又称女儿国，尺树寸泓都附着她的似水柔情。风过雨散时，星空璀璨，女人的温暖撒手而去，而泸沽湖映化的女神山则会凝结到一起，慢慢在记忆的长河中流淌。

绝响

JUE XIANG

陈忠实：难忘一渠清流

林斤澜：忏悔

史铁生：昼信基督夜信佛

汪国真：武清漫步

（文字统筹 / 朱小平）

赤水河老酒坊即景

陈忠实

（1942——1978）

中国当代著名作家，中国作家协会副主席。《白鹿原》是其成名著作，其他代表作有短篇小说集《乡村》《到老白杨树背后去》，以及文论集《创作感受谈》，中篇小说集《初夏》《四妹子》，《陈忠实小说自选集》《陈忠实文集》，散文集《告别白鸽》等。1997 年获茅盾文学奖，其中《白鹿原》被教育部列入“大学生必读”系列，已发行逾 160 万册，被改编成秦腔、话剧、舞剧、电影等多种艺术形式。

难忘一渠清流

这是我的作文获得的第一次评论，而且以阅读的形式公开“发表”在全班同学面前，难以忘记。

在村子里的初级小学校念书到四年级期满，算是毕业了。要继续深造，需要通过升学考试，到所辖学区的高级完全小学接着读五、六年级。严峻的前提是，必须通过考试得以录取。初级小学是复式教学，一个教室里四个年级的三四十个男女学生，由一位既是教师也兼校长的青年老师独统这一方乡村教育领地。他很负责任，在我们毕业前夕已经打听到准确的招生消息，属于西安市辖区离我家最近的两所高级小学都不招生，却有蓝田县辖的一所高级小学招生。我家所在的地域属西安市辖的最东头一个村子，再往东就属蓝田县辖的地域了；往北是灞河，河北边也是蓝田县辖地，正对着我们村子的灞河北边的油坊镇上有一所高级小学，距家不过三里地。我和同村的两个同班同学搭伙儿涉过灞河，抱着碰运气的心理找到那所小学，再找到管招生的老师说明来意，竟破例允许不属蓝田辖的我们报名应考……考试的结果，我们三人有一个落榜，我竟有幸得中。这是 1953 年的事，我 11 岁。

即将开学的时候，天降暴雨，灞河涨起洪水，多日不退。我几乎天天乃至一天三次跑到河边，看河水落下去的情状。直到水落到我可以蹚过的时候，开学已过一周了。父亲送我上学，他肩头扛着一袋面粉，我背着一捆被卷，走进学校大门时竟然忍不住心跳。学校给北边岭上和南边白鹿原上的远路学生安排住宿，并设有学生灶，把自家磨好的面粉交来，再交大约 1 元人民币的副食费，只有盐和醋两种调味品，酱油属于奢侈品，不供，更得不到蔬菜或肉了。

父亲回家之后，我进入教室上课。陌生是不消说的，麻烦发生在晚上。作为我们五年级新班的教室是新建的一幢房子，房内用木板铺楼，作为睡觉的宿舍，尚未完全做好，工匠正在赶做尾巴活儿，把我们班临时安排在一个既老又低矮的教室里，晚上就睡在桌子上过夜。我初来乍到，不知底里，天尚未黑，课桌被人并拢占定了，连长条板凳都被合并各有其主。我把剩下的三条木腿活络的板凳并拢起来，铺开被子，自然是一半作褥一半作被，又找来一块旧砖作枕头，睡下了。睡到不知什么时候，我有从悬崖跌下的恐惧，惊醒后半天反应不过来，迷迷蒙蒙还以为在自家炕上，摸到左右的木板凳，才顿时醒悟，我是从以凳作床的板凳上掉到地上了。我爬起来，眼前黑咕隆咚，那时候尚未通电，照明需学生自备油灯。我刚来一天，还未来得及买油置灯。摸着黑把掉在地上的被子拎起来，才发现三条并拢作床的长条凳分开了，我掉到地上时夹在木凳之间，也就明白是木凳的腿子太活络而难以固定，才造成这场虚惊。这是我第一次离家出门在外过夜的经历，竟锈成永久记忆。

到第二或第三四天，我的紧张心情才逐渐缓解，也才敢把这个学校的前院后院走了一遍看了个明白。大门朝南临街，是一排作为教室的房子中间留一间作为通道。进入校内，西边一排低矮的房子，是老师的餐厅和学生灶，还有储藏杂物用房；北边是一排教室，中间夹着校长和几位教师宿办兼用的单间房；东边就是新建成的即将启用的我们班的教室了。四面被连排房子连接，中间是一方甚为宽敞的空地，下课后便被拥出教室的学生渲染得生动活泼。最令人难忘的一景，是从围墙外引进一渠清流，从北边那一排教室前折拐到我们的教室门外，再西折拐到大门通道，从石板铺盖的地下流出学校，穿过街道流进对面的村子。这条水渠的水一年四季都清澈无浑，是地下渗出的一股颇为丰盛的清泉，大约流过许多许多年了，渠边上粗大的小叶杨树即可见证。北排教室外的水渠边，有小块竹林，是冬天里校园内的一抹绿色。竹林边，还有一大丛玫瑰花。北排房子中间也有一条通道，出去后便是偌大的操场，只有一副木制篮球架，再无任何体育设施。操场东北角还有两座教室，供低年级学生学习。操场西边是土打围墙的厕所。北围墙紧靠着一条沙石公路。我出围墙门站在公路边上，平生第一次看到大卡车。那些从北岭和南原上来的同班同学，晚饭后常不约而同走出北围墙后门，站在公路边等待过往的汽车看风景。那时候汽车很少，往往等半个多小时，未必能看到一辆汽车，小车几乎没见过。后来我才知道，这是关中通中国南方的唯一一条公路。

我很快便和同学混熟悉了。大约是年龄造成的不同兴趣，我和那些年龄接近个头也相差不多的小同学很自然地聚拢为友。我的学习不是太用功，把老师讲的课本内容听懂了，很顺利地做完作业，就不再翻出来了，课余便尽着性情玩。那时候尚未使用钢笔，必备一支大字毛笔和一支小楷毛笔，一个砚台或墨盒，每天写一张大字，两天写一页小楷字，连算术作业的洋码字也是用小楷毛笔书写。我现在还后悔那时候把大仿字和小楷字只当成作业去完成，没有认真用心地练习书法基本功。我们班有一位个头不高却很老气的同学，毛笔字写得好到老师划归为柳体，即大书法家柳公权的笔体风格。我常见他在课余独自写毛笔字，用粗糙的黑麻纸订成一个大厚本子，一张一张地写，左手边就放着一本柳公权的字帖，作临摹。我第一次听说大书法家柳公权的名字，第一次见到字帖，皆缘于此。我和不少同学写毛笔字还处于描“影格”的初始阶段，“影格”是班主任杜老师写的，放在纸下，再在上面白纸上照着描摹。杜老师后来把给学生写“影格”的事转嫁到那位同学身上，他在全班同学面前说，谁要用“影格”，别找我，让 ××× 同学写，他比我写得好。可惜，我忘记了这位同学的名字。

学校最火的体育运动是篮球比赛。班级之间搞得热火朝天，却是那些年龄大个头也高的学生。如我一样年龄小个头又矮的同学，流行一种小皮球的玩耍，比赛人数和规则与篮球完全一致。我曾经热衷到入迷的程度。一个篮球场，很难有给玩小皮球的学生尽兴的机会。我在闲余时就踢毽子。仅仅一条灞河之隔，我们河南边的村子里的小孩，几乎人人会踢用鸡毛扎的毽子，女孩也踢；而河北岸的同学却把我的毽子当作稀罕物，无人会踢，许多同学竟然没见过。不过，他们好奇地试踢几回之后就索然了，我一个人玩不出兴趣，就又找机会和他们一起打小皮球了。

我是顶着“毛盖”发型走进这所高级小学的。还有北岭南原偏僻乡村的同学也蓄着这种乡村未成年男孩传统的发型，即前脑上蓄留一绺长发，苫住了前额。在已经普及了所谓“一边倒”和“平头”等文明发型的学校里，常常遭到讥笑。班主任杜老师倡议男同学每人交一毛钱，买回推子、剪刀和梳子，亲自动手，把我和其他所有蓄着“毛盖”发型的同学的头发剪掉了，一律变革为新式文明发型。他随之培养了两个心灵手巧而又热心服务的男同学做理发师，给全班男生义务理发。我后来由此番发型革命约略可以感知当年辛亥革命男人剪辫子的心理。

从教室门口流过的清湛湛的水，是我们寄宿学生洗脸的再好不过的水了。因为是地下涌泉，夏天清凉，冬天又显得温热，洗手洗脸是一种享受。半夜从楼上宿舍下来小解，出门便对着水渠撒个痛快，尿被水流冲走，不留任何遗味。记得某年初夏，我似乎睡醒后还有点迷糊，下楼后刚站到水渠边，看到前方站着一个没有脑袋的人，吓得折身跑上楼去，躺进被窝再无法入睡。第二天早晨起来在水渠边洗脸时，才看出那个无头的“鬼”是那丛含苞待放的玫瑰。我把这场虚惊写成作文，受到杜老师的表扬，不仅在全班通篇读完，而且对几处生动描写作了点评。这是我的作文获得的第一次评论，而且以阅读的形式公开“发表”在全班同学面前，难以忘记。

在油坊街高级小学的两年寄宿生活，几乎记不起任何不愉快的事。唯一的缺憾，春末初夏时节遇到暴雨，灞河涨起洪水，周六回不了家。寄宿的同学和学校老师都回家了，只留下我和灞河南岸三五个同学，好生凄惶。我常站在河边，看着南岸走动的大人和小孩，清晰到可以辨认出张三李四来，却总无法回到乡亲身边，忍不住滴泪。尤其是升中学考试的关键时候，遭遇洪水，不能回家，不仅口袋无钱，关键是我穿着一双鞋底快要磨透的布鞋，踏上行程三十华里的沙石公路，很快就把脚后跟磨破流血了……

秦川碧水永流情

王宝生

初见陈先生是二十年前，我去延安开会路过西安，去陕西作协拜访他，并请他为一本书题写书名和前言。在他家中聊天时，他坐在一个小木板凳上，搭着一条腿，手中夹支粗糙的雪茄，随着吞吐，烟雾笼罩在他脸上如刀刻般深刻而清晰的纹路上，那是历经沧桑岁月、风雨扑打留下的痕迹，令人印象深刻。

回北京后不久，收到了先生托人带的书名题字和他送给我的一幅书法：面对苍山。陈先生老家在西安以东二十多公里的原上，处在白鹿原的北坡，向东应是华山了。他自小生活在高处，往东远望，险山峻岭，应有一种“除却巫山不是云”的感觉吧。让他题写了这句气势豪迈的词句，似乎也告知编辑，看书稿如面对苍山，要识得庐山真面目。我们要付他题写书名的费用，陈先生坚持不收。

又一次见陈先生是签宣纸插图本《白鹿原》合同。我从他的工作室出来，去参加另一位作家的活动，几分钟后，在路上又接到他的电话。他说：你到那里不要提来过我这儿，是从我这里过去的。他的意思十分清楚，他怕别人知道我们的交往而不高兴，影响我要办的事情。先生待人处事，细心为别人考虑，真情可见一斑。

最后一次见陈先生是他病后，去看望并给他送去新的样书。他手上还扎着注射用的针头，人瘦了许多，说话声音低哑。他的脸上间或露出一丝笑容，那是一种让客人轻松与放开的用意，他不想让自己的病态影响别人的情绪。那是一种大仁大义者，对他人的关切与尊重的一份真情。先生的目光依然深邃，他对插图本《白鹿原》也很满意。他对编辑与合作者从来都是十分相信的，我与他每次签署出版合同，他从不看内容、不提条件，提笔签字后便交还给我们。他对编辑工作的肯定与宽容，让我的心中一直充满敬佩与感激。我把带去的《白鹿原》手稿本请他签了名，作为最后的珍藏。得知他去世的消息，隔着千山万水，写下了一首怀念诗词：白鹿原上唱大风，妙笔如椽绘群英。关中厚土根植远，秦川碧水永流情。

王宝生，著名出版人。作家出版社编审、编辑室主任。曾策划出版陈忠实、莫言、贾平凹等众多国内文学名家作品。这些作家作品曾荣获诺贝尔文学奖、茅盾文学奖、鲁迅文学奖等各类文学奖项。并发表文学评论、散文、古体诗词等文学作品。

林斤澜

（1923——2009）

浙江温州人。1950年到北京市文联工作，任文学创作组成员，创作小说、剧本等多种，曾参加全国第一次青年作家代表大会，参加北京作协的筹建工作。“文革”后任北京作协驻会作家，北京作协副主席、名誉副主席，《北京文学》主编、中国作协理事、中国作协名誉全委等职。2007年获北京作协“终生成就奖”。一生经历丰富，创作颇丰，曾与汪曾祺并称为“文坛双璧”。

忏悔

全民族的噩梦刚刚做过去，文化界里有几位年长、功高、德重的前辈，他们受到的折磨和凌辱，好像大家全都过意不去。各人自己也许受罪更苦，也总以为是民族的一员，民族的丑陋也有自己的一份。当即读到前辈的文章，竟不多诉苦，倒分析甚至解剖自己，说到迷信，说到肩膀上扛着别人的脑袋，说到写作上的失败，有辱使命。还有呼吁全民忏悔，是忏悔，还是全民。

随着，中年知识分子“叩问自己的良心”：后辈诗人自问“能够仅以曾受迫害而毫无愧怍吗”？

是不是和士大夫多少年来的“三省吾身”“昨日死，今日生”等等“自我审视”，“克己复礼”式的“自我完成”有关？我想，有关是明摆着的。

当时我写了个剧本，没有能够演出，这是常事，在我更是当然。但有家报纸，在副刊上摘录了剧中两句话，作为补白。竟有别的报纸转载，又竟在海外华文报上出现。这两句话是：

“骂你的嘴里有我的嘴，打你的手里有我的手。”“骂你的嘴里有你的嘴，打你的手里有你的手。”

也就一点点“自省”“忏悔”叫人乐意接受吧。

当然，也读到一些不同意的文章，有认为自省和忏悔，放松了罪魁祸首，险些出现“文革语言”——转移大方向。这个可以不议，因为这些前辈和后辈没有什么“放松”、没有什么“转移”是众所周知的事实。

有的话茬较硬，仿佛拍着胸脯说，没有做错事，没有说过错话，我自省什么！只有人整我，没有我整人，我还忏悔！听起来底气很足，仿佛一条顶天立地的硬汉子。是不是脑血管也有点硬化？不详。

新近看见一位硬汉子，不同意别人对一位去世前辈评价过高、谈论过热、印书过多。他自己开宗明义，先给“定性”。

“定性”这个说法曾经烂熟，又多时生疏了。“定性”“定性”，不是定为教授专家，但指政治，偏重贬义，有时等同扣帽子：如“叛徒”“汉奸”“反革命”“地主资本家”。戎马一生，战功赫赫，一经定性，前功尽弃。“定”来“定”去，可以定到历史不好写的地步。还有先天的“定性”——出身，莫须有的“定性”——海外关系，一旦“定”下，终生不可当兵、招工、上学、提干、著书立说……因人废言、因言废人的昨夜，让人今天望月而飞望日而飞。

这样“无悔”的硬汉子，这样宽待自己，却又这样严待别人。想想这也不专是哪一个人的德行，宽严原是两手，不断开的宽严大会不就是显示两手左右开弓吗？

论做人，还是严待自己宽待别人为上，这和“居下则上”

的道理也许相通，不过这里考虑到的，还是这样宽严两手，比较起来能够接近实事求是。

这篇千字文原可以不写，不过几句老生常谈。写写却当“世界反法西斯战争胜利五十周年”之际，读到一篇文章回忆在美舰“密苏里号”上的受降式，一位中国将军回答记者说：“今天是要大家回想的一天。今天在这里有代表的国家都可以回想一下过去，假使它的良心告诉它有错误，它就应当勇敢地承认错误而忏悔。”

不消说，到会的代表有战败国，和更多的战胜国。

文章寸心相与析

朱小平

林斤澜先生久负盛名，以小说享誉。我和老先生不熟稔。和他的女儿林布谷女士，在一次小范围朋友的聚会上相识。她的性格很爽快，似乎与她父亲的性格不同。我让她提供父亲生前发表的最后一篇文章，帮我查到：2010年第一期《收获》杂志“集外遗文”栏目，曰《滴水不漏》。还附了林布谷的一首诗：《我想我爸》。细核对这是篇小说，后面附了一篇文章《忏悔》。

让她写个此文的评价，只回三个字：“我不会。”怪，会写诗不会写文？也是，那次朋友聚会一边喝扎啤，我一边劝她：应该写老爷子一本书，书名就叫《回忆父亲林斤澜》，该有多好！第一手资料，于文学史也不无裨益。当时也是三个字：“不会写。”后来几次动员，顶多四个字：“真不会写。”

问她发表《忏悔》的背景，说是“我爸活着的时候投的稿”。2009年《收获》杂志编辑部还专门请她去了上海。据她说，还有几篇没有发表过的，甚至有一篇无标题，都已收入《林斤澜全集》。我和林布谷讨论过，“绝响”，还是应指公开发表过的最后一篇文章。

读此文，文末提到是“世界反法西斯战争胜利五十周年”之际，那么写作时间应是1995年8月底9月初。但林老在文中说“这篇千字文原可以不写，不过几句老生常谈”，那为什么又写了呢？为什么当时不发表呢？因事因人？有感而发？因何所感？草蛇灰线，文意曲晦，但字里行间依然能读出他对当时发生的某件事的感慨和看法，心有所思，意有所指，看似下笔汗漫，实有春秋掴痕。知道或经历过的人读了，一定有所悟、有所感应、有所联想。没有经历过的人读了，或许茫然，无可考据，以为不知所云。那也无妨，古人说过，是可以“不求甚解”的。有时文章其实是写给自己看的。我疑心林老此文原来本意定是有感而发，而不一定要发表的。但是为什么又发表了呢？答案是没有的，他的女儿林布谷也不知道。

林老的这篇千字文明显不是散文，也不是随笔，而是杂文。现在的人读鲁迅的好多杂文，已经读不懂了；现在的人读林老的这篇杂文呢？能读懂吗？评论呢？更难！我也真想叫一声：“真难写。”那就请读者仁智各见吧！“疑义相与析”，读懂了，当会心一笑。何如？

朱小平，北京市政协文史和学习委员会特邀委员，中国文物保护基金会历史文化专家委员会委员，中国作协、北京作协会员。出版有长篇纪实《谁该向中国忏悔——抗战胜利反思录》《1925至1949国民党特工轶事——从军统到保密局》；人物传记《张大千》《蒋氏家族全传》《鬼才范曾》《我所知道的顾城》；散文、随笔集《无双毕竟是家山——传说之外的老北京》《文化名人大写意》《听雨楼随笔》《燕台旧墨》《多少楼台烟雨中》；旧体诗词集《朱小平诗词集》《朱小平韵语》《朱小平逸兴》《朱小平余事》《絮风馆诗抄》等。现为中国侨联《海内与海外》杂志社负责人兼编辑部主任。

史铁生

（1951——2010）

生于北京。河北涿县人。1967年毕业于北京清华附中。1969年到陕西延川插队落户。1972年双腿瘫痪回北京，后曾在北京街道工厂务工。1979年发表第一篇小说《法学教授及其夫人》，以后陆续发表中、短篇小说多篇，1983年入中国作家协会。小说《我的遥远的清平湾》获1984年全国优秀短篇小说奖。一级作家职称。后历任中国作家协会全国委员会委员，北京作家协会副主席，中国残疾人联合会副主席。自称职业是生病，业余在写作。

昼信基督夜信佛

大概是我以往文章中流露的混乱，使得常有人问我：你到底是信基督呢，还是信佛法？我说我白天信基督，夜晚信佛法。

人的迷茫，根本在两件事上：一曰生，或生的意义；二曰死，或死的后果。倘其不错，那么依我看，基督教诲的初衷是如何面对生，而佛家智慧的侧重是怎样看待死。

这样说可有什么证据吗？为什么不是相反——佛法更重生前，基督才是寄望于死后？证据是：大凡向生的信念，绝不会告诉你苦难是可以灭尽的。为什么？很简单，现实生活的真面目谁都看得清楚。清楚什么？比如说：乐观若是一种鼓励，困苦必属常态；坚强若是一种赞誉，好运必定稀缺；如果清官总是被表彰呢，则贪腐势力必一向强大。

在我看，基督与佛法的根本不同，集中在一个“苦”字上，即对于苦难所持态度的大相径庭。前者相信苦难是生命的永恒处境，其应对所以是“救世”与“爱愿”；后者则千方百计要远离它，故而祈求着“往生”或“脱离六道轮回”。而这恰恰对应了白天与黑夜所向人们要求的不同心情。

所以，基督信仰更适合于苦难充斥的白天。他从不作无苦无忧的许诺，而是要人们携手抵抗苦难，以建立起爱的天国。

白天（以及生）充满了及他之事，故而强调爱。黑夜（以及死）则完全属于个人，所以更要强调智慧。白天把万事万物区分得清晰，黑夜却使一颗孤弱的心连接起浩瀚的寂静与神秘，连接起存在的无限与永恒。所谓“得大自在”，总不会是说得一份大号的利己之乐吧？而是说要在一个大于白天、乃无穷大的背景下，来评价自我，于是也便有了一份更为大气的自知与自信。

“自在”一词尤其值得回味。那分明是说：只有你——这趋于无限小的“自”，与那无边无际趋于无限大的“在”，相互面对、相互呼告与询问之时，你才能确切地知道你是谁。而大凡这样的时刻，很少会是在人山人海的白天，更多地发生于只身独处的黑夜。

基督信仰的弱项，在于黑夜的匮乏。爱，成功应对了生之苦难。但是死呢？虚无的威胁呢？无论多么成功的生，最终都要撞见死，何以应对呢？莫非人类一切美好情怀、伟大创造、和谐社会以及一切辉煌的文明，都要在死亡面前沦落为一场荒诞不成？这是最大的、也是最终的问题。

佛法虚无吗？恰恰相反，他把“真”与“有”推向了无始无终。面死，绝不等于消极，而是要根本地看看生命是怎么一回事，全面地看看生前与死后都是怎么一回事，以及换一个白天所不及的角度，看看我们曾经信以为真和误以为假的很多事都是怎么一回事……

故而，佛法跟科学有缘。说信仰不事思辨显然是误解，只能说信仰不同于思辨，不止于思辨。佛门智慧，单凭沉思默想，便猜透了很多物理学几千年后才弄懂的事；比如“惟识”一派，早已道出了“量子”的关键。还有“薛定锷的猫”——那只可怜的猫呵！

佛家反对“二元对立”，我以为，反对的是二元的势不两立。二元的势不两立，实际是强烈的一元心态。然而，这世界所以是有而不是无，根本在于二元的对立。所以，佛家实际是在强调二元和谐。一切健康的事物，都是基于二元的和谐，身体、社会、理想、修行……莫不如此。

“万法归一”是说这世界的本源，“三生万物”是指这个现实的世界。二者的位置一旦颠倒，莫说他史铁生了，众生的享年都要回零。

佛法之“空”，料与“空空的行囊”之“空”绝不一致。亚里士多德说，无中生有是绝不可能的。老子却说，有生于无。不过佛家还有一说：万法皆空。空即是有，有即是空。所以我猜佛家必是相信：有生于空。空，并不等于无。根本的二元对立，并非有与无的两极，而是有与空的轮回，或如尼采所说的“永恒复返”。

而“有”，也不见得就是有物质。有什么呢？不知道。物理学说：抽去封闭器皿中的一切物质，里面似乎还是有点儿什么的。有点儿什么呢？还是不知道。那就可以猜想一回了：有的是“空”！万法皆空，而非万法皆无，所以“空”绝非是说一切皆无。空不是无，空只好是有了。那么它又是一种怎样的有呢？空极生有，料必是一种无比强大的势能！即强烈地要创生出无限时空、无限之可能性的趋势。创世的大爆炸，据说就始于一个无限小的奇点，这个“点”可否让我们对那个“空”有所联想？

说佛法跟科学有缘，佛门弟子多会引为骄傲。但，若说二者的问题也有同根，未必信众们就都能不嗔不痴。

所谓同根，是说二者的信念有一个相同的前提，即先弄清楚这个世界的究竟，而后，科学的理想叫“人定胜天”，佛法的心愿是“人人皆可成佛”。问题是谁都没说，如果世界尚未究竟或终难究竟，人当如何？就算可以究竟，究竟者也总在极少，尚未究竟和终难究竟的大多数又拿什么去作信仰的根基？我相信佛门确有其非凡的智慧，确有其慧眼独具的奇妙功法，能够知晓甚至看到理性所无从理解的事物。但是第一，这仍是极少数人的所能。第二，再强大的能力也是有限，因为无限意味着永不可及。第三，老调重弹——成佛是一条动态的恒途，绝非一处万事大吉的终点；然而，一个“成”字，一个“究竟”，很容易被理解为认知的极点与困苦的穷尽。

首先质疑它的就是科学。科学以其小有成果而轻蔑信仰，终至促生了现代性迷障。问题是，在实证面前，信仰总显得理亏——“看不见而信”最是容易被忘记。怎么办呢？便把“果”无限地推向来世。这固然也是一种方略，可以换得忍耐与善行，但根基无非是这么一句话：好处终归是少不了你的！可这样的根基难免另有滋生，比如贪心，比如进而的谋略，直至贿赂之风也吹进信仰。君不见庙堂香火之盛，有几个不是在求乞实际的福利！众生等不及“终归”——既可终归，何不眼前？这逻辑本来不错，更与科学的“多快好省”不谋而合！只是，这夜晚的信仰怎么就变得比白天还白了？

“不不，”于是有佛门高徒说，“这是误解，说明你还不懂佛！”随即举出诸多佛法经章、高僧本事，证明真正的佛说与那庙里的歪风毫不相干。

那，为什么您讲的就是真正的佛说？

那么你认为，我讲的对还是不对？

问题是，大众所信的佛法，未必跟个例高人所理解的一样。不管谁到那烟雾腾腾的庙堂里去看看，都会相信，这世上广泛流行的是另种“佛法”。

如何另种？

求财的，求官的，求不使东窗事发的……许愿的，还愿的，事与愿违而说风凉话的……有病而求健康的，健康而求长寿的，长寿而求福乐的，福乐不足而求点石成金或隔墙取物的……

那就是他们的事了。

怎么就成了他们的事呢？莫非也是佛说？

哪是佛说，哪是人言呢？佛门也曾有过几次集结，高僧们相约一处，论辩佛法真谛，可惜这一路香火已断多时。失去大师们的不断言说与探讨，习佛已流于照本宣科，徒具其表。失去高僧的指点与引领，人性就像流水，总是要往低处去的。如今是人们由着性儿地说佛与“佛说”，人性的贪婪便占上风；众生要“多快好省”地上天堂，庙堂前便“鼓足干劲”地卖起票来。这类“信”徒，最看佛门是一处大大的“后门儿”，近乎朝中有人好办事。办什么事呢？办一切利己利身之事。如何能办到呢？耐心听“芸芸众生”们说吧，其津津乐道者，终不免还是指向某些神功奇迹——免灾祛病呀，延年益寿呀，准确或近乎准确地推算前世和预测未来呀等等这些我都信，只不信这叫信仰。佛家（道家）的某些神奇功法我也见过，甚至亲身体验过，但我仍认为“看不见而信”才是信仰的根本。如果信仰竟在于某些神奇功法，高科技为什么不算？科学所创造的奇迹还少吗？可就算你上天入地、隔墙取物、福如东海、寿比南山，莫非这世上就不会有苦难了？没有了当然好，可那就连信仰也没有了。

先不论基督与佛均乃全人类所共有，岂分国族！却只问这类求佛办事的心态，原因何在？说到基督与佛，何以前者让人想到的多是忏悔，后者却总让人想起许愿？忏悔，是请神来清理我的心灵；许愿，却是要佛来增补我的福利。忏悔之后，是顺理成章地继续检讨自己；许愿之后呢，则要看看佛的态度，满足我愿的我为你再造金身，否则备选的神明还很多。

……那么你的“夜晚信佛法”，到底信的什么？

首先我相信佛法是最好的心理疗法。佛看这人间不过是生命恒途中极其短暂的一瞬，就好比大宴上的一碟小菜，大赛前的一次热身，甚或只是大道上的一处泥淖。佛的目光在无始与无终之间，对于这颗球体上千百年来的蝇营狗苟，对于这一片灯红酒绿的是非地、形同苦役的名利场，说到底，佛是一概地看不上！

佛所以是最好的心理医生，因为他从根本上否定了人的市场价格，坚定了生命的恒久价值。而这样的疗法，还是那句话：很难在叫卖声声的白天里进行，而要等到夜深人静。

其次我相信，佛家对死后的猜想并非虚妄。看看那些大和尚，圆寂之时是何等的从容淡定，你自会相信那既非莽汉式的无畏，亦非志士般的凛然，而是深思熟虑，一切都已了然于心，或就像那位印第安巫士所说：一切都已“看见”。当然了，此等境界绝非吾辈常人所能为之——譬如爱因斯坦看见了时间的弯曲，譬如霍金看见黑洞，咱咋就啥也不见呢？故凡俗之如我类，切莫指望什么神功奇迹，不如原原本本都留给极少数人吧。

在我想，求“往生”是不是有点儿多余？今生、来世其实是一样的，吃喝屙撒睡的固然一样，特立独行的也是一样，不知不觉的固然一样，大彻大悟的就更应该能看出些一样来。什么呢？生即是苦，苦即是生。如此又求的什么来世！今天就是昨天的明天，明天就是前天的后天……生还是苦，苦还是生，又何必在意此一生还是彼一生呢？我只相信，明天的意义，唯在进一步完美行动的可能。

那么“脱离六道轮回”呢？说真的，我半信半疑。所信者，你下辈子可以不是人、畜生、饿鬼等等；所疑的是，莫非你可以是“无”吗？你只要是“有”那就麻烦。“有”就是“有限”，正如“无限”其实就是“无”。你看吧，哪一种“有”不是有限的？你想吧，惟观察所不及者谓之“无”，而那正是因为它的无限。这样我们就有救了，就算我们有一天不再是人，也不是畜生、饿鬼和什么什么，我们总还得是“有”（因为“无”是无的呀），进而就还得是“我”。“我”位于有限而行一条无限的路，那才是佛或上帝的恩宠！

而一条无限的路，正所谓日夜兼程，必是昼夜轮换的路！如果黑夜过于深沉，独善其身或自在之乐享用得太久，就好比心病患者会依赖上心理医生，人是会依赖于黑夜而不由得逃避白天的。

然而白天就在黑夜近旁。不能使病者走进白天的医生是失败的医生，他培养了另一种“我执”。

况且此“执”是因乐而生。譬如乐不思蜀，乐具腐蚀，岂止是不思蜀，其实是不思苦，进而养成享乐的贪图。乐无止境，难免日趋狭隘，偶像繁多，倒给“菩萨”们都分配了工作，管升官的、管发财的、管文凭和职称的……最后连掩盖罪行都有专管。尤其，这享乐与灭苦的期求，一旦进入白天，与疯狂的市场合谋，爱愿常不是它们的对手。

所以我想，佛门弟子要特别地看重地藏菩萨。“我不下地狱谁下地狱”，“地狱不空誓不成佛”，地藏的这两句伟大誓言，表明他是一位全天候的觉者！虽然一个“成”字似乎还是意味着终点，但他把终点推到了永远，从而暗示了成佛之路的无限性。道路的无限即是距离的无限，即是差别的无限，即是困苦的无限，也便意味着拯救之路的无限，幸而人之不屈不挠的美丽精神也可以无限——唯此，无始无终的存在才不至于陷入荒诞。

“我不下地狱谁下地狱”简直就是十字架上真理的翻版，“地狱不空誓不成佛”明显与基督精神殊途同归。是呀，一切黑夜的面死之思，终要反身投入到白天的爱愿（当然，一切爱愿总也要面对死的诘难）。

“我执”多种多样，并不以内容辨；无论什么事，一旦“我的重要性”领衔，即是“我执”。譬如常说的“立功、立德、立言”，尤其前面再加一句“为天下人”，都是再好没有，但请留神，“我”字一重，多么慷慨大义的言辞也要变味。不过，这事最为诡异的地方是：一味地表现“自我”是“我执”，刻意地躲避“自我”还是“我执”；趋炎附势的是“我执”，自命清高的还是“我执”；刚愎自用的是“我执”，自怨自艾的也是“我执”。那么“我”就得变傻子吗？对不起，您又“我执”了。我什么都不说成吗？成是成，但这仍然是“我执”。简直就没好人走的道儿了！不，这才是好人走的道儿呀：好人，才看见“我执”，才放弃“我执”，才看见放弃“我执”有多难，才相信多难也得放弃“我执”——这下明白了，成佛的路何以是一条永行的恒途。

如何灭尽“我执”呢？不知道。我真的不知道，因为我感到我永远都灭不尽那玩意儿。我感到我只能是见一个杀一个，没什么彻底的办法。我感到诚实是第一位的，比如说白天就是白天，黑夜就是黑夜。黑白颠倒你试试看，或者只需想一想，会不会把白天弄成了自闭症，一到夜里又妄想狂？

几度扶轮　问道玄黄

甘铁生

铁生离去已经6年了！在他祭日，北京大学文学系的师生们与朋友们一起，以朗读他作品的形式祭奠了一番。“文章千古事，身后寂寞名”。但是铁生的映像，却在神州大地充满雾霾的上空经久不息地凝聚着，平静地凝视着“执着”地奔忙操劳人们。

他说：“我只相信，明天的意义，唯在进一步完美行动的可能。”

我相信他深刻地知道，“进一步完美行动”是何等难以完成。

可是这“进一步完美行动”铁生却完成了。我不愿意再谈与他交往的细节来怀念他。这样的文字已经太多。我想追索一下他何以“进一步完美”的历程。

在我的印象中，最明显的扶轮问道，是在他从陕北插队的关家庄病退回京后不久。活蹦乱跳的他，突然下肢毫无知觉了！读他这段文字我落泪了：“二十一岁过去，我被朋友们抬着出了医院，这是我走进医院时怎么也没料到的。我没有死，也再不能走，对未来怀着希望也怀着恐惧。在以后的年月里，还将有很多我料想不到的事发生，我仍旧有时候默念着‘上帝保佑’而陷入茫然。”他多次决心自我了断。但是家人和朋友们沉痛甚至是痛苦的眼神告诉他：他们希望他活下去。他选择了向死而生。

从此，他开始了扶轮问路的日子。

他曾在地坛树丛里背过英语大辞典，一度期冀如很多残疾人一样从事案头英文翻译，但他在地坛公园不期而遇见了一个叫徐晓的姑娘，那姑娘总是拿着毛选，接触后才发现，那只是个掩人耳目的封皮，其中包装着当时的“禁果”——地下文学手抄本。这次犹如亚当和夏娃的偷吃禁果般的相遇，让他的扶轮问路明确了方向：写作！写作不是更具创造性吗？

从此在地坛的僻静角落，他更多地阅读的是文学历史哲学和宗教类的书籍。

不久，他写出了《午餐半小时》《没有爱情的角落》《我的遥远的清平湾》等。并一举荣获当年的全国小说奖。此后，他的《秋天的怀念》、《合欢树》、《我和地坛》等优秀作品一发不可收拾地接连出笼。各种荣誉接踵而至。获奖、被拍成影视作品，他本人也被邀请去参加全国各地的文学“笔会”、演讲和签名售书，一时间真可谓名声大噪。报纸杂志纷纷约稿，各路记者纷至沓来……

他很怕这个。真的很怕。我们去他家，门口贴有他手书的告示：我很愿交结天南海北的朋友，怎奈病体不容，只好多有得罪。若非事先约好者，请勿敲门。幸而我们是事先约好的。进得屋内，又见有字条：史铁生不接受记者采访；史铁生听人叫他老师就打瞌睡；史铁生健康状态不佳，谈话时间一长就气短，气短就是伤气，伤气就经脉失调，失调就离死近亦。而史铁生还想多活几年，以看到共产主义的好日子。故请君适当把握驻留及谈话时间……看罢我就笑。他也笑。说，没办法。他的书柜上也贴着条：本人嗜书如命，概不外界，烦请免开尊口。

且不说这些手书是否真能起作用，但起码表现一点：铁生有着强烈的进一步探索的冲动。必须拒绝浮躁，无谓的接触浪费他表现完美的追求。

是的，他正在又一次扶轮问路道的途中。

这在他的文字中也有记载。准确的话出现在给胡山林先生的信中：我，“您大概都知道，学历浅，读书少，生活面又窄……”“我真羡慕那些学识渊博、才华横溢、精力充沛的人；便自窃想，要是他们换一种思向，定会在那疑难中大有作为。我就像不经意间触到了一处矿藏的边缘，自己无力挖掘，说给别人，不以为然者多。”

这就是又一次扶轮问道的铁证。他每天都思索着突破。他要“换一种思向”。他也多次跟朋友们说过，可是“不以为然者多”。尽管他也谦虚地说“自己无力挖掘”，但分明的，他从此便把牢这眼角的余光所发现的富矿。粗糙地说，这富矿就是与写形而下的现实拉开距离，写形而上的精神幻化。果然，此后他的创作所表达的话语和时空、内容和意境都发生了根本的变化。如《我的丁一之旅》《务虚笔记》等。他在文学成就上高扬起了傲世的风帆。

但是铁生并没停止扶轮问路道的步伐。虽然他丧失了行走的功能，可肉体的行动距离与精神的无限度屈伸是两个质量。铁生在精神创造方面所延展的距离，无疑是我们很多四肢健全的人所无法望其项背的。

铁生在扶轮问道的途程上真是殚精竭虑！从《昼信基督夜信佛》一文中可看出来。基督教和佛教显然是他潜心研究了一番的。他要在其中找寻精神本源。释迦牟尼《妙法莲花经》有言：“诸佛世尊，以一大事因缘而现于世。”这个“一大事因缘”是“了生死”吗？我以为也可理解为是“了生死”，也是寻求“正果”。铁生扶轮问路和他作品中表达的，也多是相关的思索和探求。

《昼信基督夜信佛》是铁生生前最后一篇遗作。从这个意义上说，他终生都在扶轮问道。

甘铁生，高中毕业于北京清华附中。1968 年赴山西太谷县插队。1975 年返京，当过印刷工、木工、锅炉工等。1979 年在《今天》杂志发表首篇小说《聚会》。1982 年入中国作协。1984 年入中国作协鲁迅文学院作家班。毕业后在北京门头沟区文化馆主编《百花山》报。1987 年调入《台声》杂志社直至退休。出版有长篇小说、中短篇小说、散文及报告文学、民间文学集成多种。有作品被改变成电影好话剧，亦多次获各类文学奖。

汪国真

（1956——2015）

1956.6——2015.4 日生于北京，当代诗人、书画家。1982 年毕业于暨南大学中文系。1984 年发表第一首比较有影响的诗《我微笑着走向生活》。1985 年起将业余时间集中于诗歌创作，期间一首打油诗《学校一天》刊登在《中国青年报》上。1990 年开始，汪国真担任《辽宁青年》《中国青年》《女友》的专栏撰稿人，掀起一股“汪国真热”。2005 年始，他的书法作品作为中央领导同志出访的礼品，赠送外国政党和国家领导人。2005 年担任中国艺术研究院文学艺术创作中心主任。

武清漫步

1994 年 4 月，我曾经应邀到新加坡访问。这个位于东南亚的岛国的整洁、秀丽、秩序给我留下了深刻的印象。

时隔二十年，2014 年 4 月，当我应朋友之邀来到武清的时候，到访新加坡时的感觉不由油然而生。只是这里似乎路更宽、花更繁、树更茂，这不禁使我大为惊异。在北方，竟然还有这样一块地方，在京、津、冀的城区中，武清是我看到的最美的城区。

武清是天津的一个区，位于天津市西北部。它的北边与北京市通州区和河北省廊坊市香河县接壤。武清地名的由来，据《郡县释名》的解释："武清取武功廓清之义也"。从北京南站乘城际高铁到武清只需要二十三分钟。二十三分钟是什么概念？大约一张报纸还没翻完，一个饭局菜还没上齐呢。

难得的是武清有湖，湖名：天鹅湖。据介绍，天鹅湖水面面积六百亩，而北京北海公园的水面面积是五百八十五亩。在一个区里，有一片比北海公园水面还大的湖泊，想想都令人神往。

看到武清的天鹅湖，不禁想起自己曾写过的一首诗《小湖秋色》：秋色里的小湖，小湖里的秋色。岸在水里小憩，水在岸上漾波。风来也婆娑，风去也婆娑。湖边稀垂柳，湖中鱼儿多。小湖什么都说了，小湖什么都没说。天鹅湖，你荡漾的微波在向我们诉说着什么？

对于外乡人来说，武清最有名的恐怕要数佛罗伦萨小镇。我最开始知道意大利的佛罗伦萨是因为文艺复兴，佛罗伦萨是欧洲文艺复兴运动的发祥地。而我知道文艺复兴，则是因为它和达·芬奇、米开朗琪罗、提香、薄伽丘等一连串如雷贯耳的名字连在一起。并且我一直很喜欢提香的画作并羡慕他的高寿。他的作品《圣母升天》《花神》《天上的爱与人间的爱》《乌尔比诺的维纳斯》都堪称神品。而在他生活的那个年代，能活到九十九岁（也有一说是八十六岁）更是几近神话。

我并不是一个喜欢逛商场的人。我平时去商场都是直奔主题，买了自己要买的东西，立刻走人。到了佛罗伦萨小镇却有不同。徜徉在充满异国情调的小镇里，看着姿态迥异、五彩斑斓的建筑和琳琅满目的商品，放松心态，心随横穿小镇的河水游走，便如读诗、赏画、观景。

折返途中，一路上吹来的清风都带着几分水汽、含糅着几分绿意。友人与我讲，此地叫京津高村科技创新园，在武清的最西北部，走出去就是北京。我并不是一个精通经济或产业的人，但来到京津高村科技创新园，看到它像婴孩一样满是娇宠地紧贴在首都怀中、感受着首都的脉搏与体温，这真是一片神奇的土地，满眼尽是无限的生机和期盼。作为一个不喜在外吃饭和饮酒的人，仍不由自主地在此用了便餐，席间感受的满是随意、舒适与惬意，因为自己用的不是便饭而是浓浓的乡情，饮的不是红酒而是真挚的情感，这感觉又真又浓又烈，不知不觉我沉醉了……

在武清逗留的时间很短，却对武清由衷的有几分喜爱。或许因为：走进武清便是走进自然风光，便是走进异域风情，便是走进心旷神怡，便是走进一片充满希望的土地。

从此，我记住了武清。为什么会记住呢？遗忘是因为无视，铭刻是因为唯一。

一幅简约的精美诗画

宁新路

《武清漫步》是汪国真兄最短的美文之一。发表一年后的这个时节，他溘然离世了。就在他去世的一个多月前，我因看到这篇美文和他与《财政文学》的情缘，请他给我同时主管的《中国财经报》副刊赐作。我不知道他已躺在病床，不知道他的生命时光只有最后的几十天，不知道他身患肝癌已晚期。我发短信向他约稿他没回复，我便给他打电话。他接了我电话，他亲切的口气里透着重病的气息。后来我得知那时他已知自己将不久于人世。我问他是否感冒很重，他说“是”。他没有告诉我身患绝症之情。他被确诊肝癌晚期不可逆转，他的病情除了家人知道，他只告诉了几个好友。我说我主持的副刊是您的阵地，请您支持并多赐作。国真兄答应并轻微地笑出了声，说，谢谢新路。他说：“我发给你六首诗。我用手机发你信箱。”

国真病着，仍答应了我的约稿请求并发给我了诗作，使我在喜悦之中回想起我们的友谊来。我与国真兄因成立中国财政文学会和《财政文学》创刊相识，他给新创刊的《财政文学》题字，也赐了一组诗，还参与了财政部大型文学活动，给财政人留下了亲和、文雅与生动的形象和话语。他成了财政部的老朋友，也成了我的好朋友。

就在他去世前的一年多里，我们一起去广州和福建长泰，好几天在一起倾心长聊，我们成了好友。尤其是在那次去广州的飞机上，航班晚点四个多小时和一路近三小时的不停长聊，我们结下了友谊。这是他即使在他病重之际，也答应给我作品的缘故吧。

我收到了国真兄的诗，不是六首，是五首。我当即安排本周六副刊登了出来。我问他要寄稿费和样报的地址，他用手机发给了我。他短信说：“谢谢新路。”这是他给我的最后一首诗，这也是他与我的最后一句话。一个多月后他突然离世了，这让我非常意外，无法接受。他留给了我日夜思念的灿烂背影。我去八宝山为他送行，我收藏了《武清漫步》，也珍藏了《汪国真诗五首》这张报纸。

杜卫东兄策划《国酒文萃》，我请国真妹汪玉华确认《武清漫步》是他最后的美文，也请我为这篇文字作点评。这1100字的美文，显然是国真兄患着重病中写就的，虽然笔端从简，但读来简洁明快、清新自然，透着诗人的丰富的见识和浓厚的诗情，妙语撞人心扉。简约的文字，但不失情景交融描绘。如，“秋色里的小湖，小湖里的秋色。岸在水里小憩，水在岸上漾波。风来也婆娑，风去也婆娑。湖边稀垂柳，湖中鱼儿多。小湖什么都说了，小湖什么都没说。天鹅湖，你荡漾的微波在向我们诉说着什么？”如，“用的不是便饭而是浓浓的乡情，饮的不是红酒而是真挚的情感，这感觉又真又浓又烈，不知不觉我沉醉了……”等句，读来宛如一缕清风吹进心田。简约的《武清漫步》不失为一篇大家风范的精巧洒脱美文，是一幅大美的诗画。

宁新路，作家。《财政文学》主编，中国作家协会会员、中国散文学会副秘书长、财政部中国财政文学会副会长兼秘书长。著有长篇小说《财政局长》。著有散文作品10部。散文作品获第26届中国新闻奖一等奖等数十项文学作品奖。甘肃省武威市凉州区人。曾为武警中校，武警部队总医院政治部宣传文化处处长。